3分間サバイバル NEO

地球儀の迷図《メイズ》

粟生こずえ

あかね書房

01 空き巣のお仕事

理由→なぜ？


春とはいえ、まだ風の冷たいある日の午後。

オレは、そっとインターホンのボタンを押《お》す。

ピンポーン
住人の応答《おうとう》はない。

インターホンを押《お》したのは留守《るす》なのを確《たし》かめるため。

万が一、だれか出た場合はインターネット工事のセールスマンのふりをするつもりだった。

ドアの向こうに人の気配は感じられない。よし。

この家のインターホンはカメラつきじゃないし、玄関《げんかん》まわりにセキュリティカメラもない。

「そういう家」をねらって調査《ちょうさ》するのがオレの仕事なんだ。

空き巣チームの中でオレが担当《たんとう》しているのは、盗《ぬす》みに入ることではなく、しのびこみやすい家の下調べってわけ。


この地域《ちいき》にあたりをつけたのはリーダーだ。

駅周辺のにぎわいから遠すぎず、近すぎないエリア。人目につかない方がいいけど、万が一のときは人混《ひとご》みにまぎれて逃《に》げる必要があるからな。

それから、日中にあまり人の姿《すがた》がなくて、それほど近所づきあいがなさそうな住宅地《じゅうたくち》。

ほら、近所の人同士《どうし》が仲いいと、「見知らぬ人間がうろついてた」ってうわさになって警戒《けいかい》されるだろ？

オレはペンを取り出すとリーダーからわたされた地図を開き、この家にしっかり

「×」印をつけた。

平日の日中、住人が確実《かくじつ》に出かけていること。

工具を使ってちょちょいと開けやすい鍵《かぎ》であること。

セキュリティカメラがないこと。

この3つが確認《かくにん》できたら、地図に「×」印を書き入れていく。

「いいか。この地図の全部の家を調べることはないぞ。角の家とかは人目につきやすいかもしれないし……現地《げんち》に行ってみないとわからないことも多い。くれぐれも無理はしないことだ。」

リーダーからはこう言い聞かされていた。

かつては、その家の郵便《ゆうびん》受けやガスメーターなんかの目立たないところに印をつけてたそうだ。だけど、最近は印に気がつく人が出てきたんで、地図にマークするようになったって言ってたな。

オレは、順調に地図に印を書きこんでいった。

空き巣チームのメンバーは全部で20人くらいいるらしい。オレはリーダー以外の顔は知らないけど。メンバーがつるんで勝手なことをしないように、会わせないようにしてるそうだ。

だから、だれがこの地図をもとに空き巣の実行犯《じっこうはん》をやるのかもわからない。そのうち、オレも――もう少し経験《けいけん》を積んだら、実行犯《じっこうはん》役をやらされるようになるのかな。そう考えたらこわくなった。もちろん今やってることだって、十分犯罪《はんざい》なんだけどな。

しかし、幸いにも、オレが実行犯《じっこうはん》役を務《つと》める日は来なかった。

なぜなら、オレの地図を手に空き巣に入ろうとしたメンバーがつかまり、いもづる式にメンバー全員が逮捕《たいほ》されたからだ。

しかも、その原因《げんいん》はオレにあるといえなくもない。仕事をするときは、もっと頭を使うべきだな。それから、学校の勉強はしておくもんだ。まぁ「仕事」っていっても、もうこんな「仕事」は絶対《ぜったい》にしないけど。

主人公は、空き巣の実行犯《じっこうはん》がつかまった理由は自分にあるという。なぜだろうか。

解説《かいせつ》

主人公がわたされた地図には、「X」という交番・駐在所《ちゅうざいしょ》を表す地図記号があった。この地図に主人公が「×」印をどんどん書き入れた結果、空き巣の実行犯《じっこうはん》は「X」も「×」印だと誤解《ごかい》してしまった。そして、空き巣を決行する日、真っ先に向かったのが「X」の建物だったのだ。この駐在所《ちゅうざいしょ》は、おまわりさんの住居《じゅうきょ》と駐在《ちゅうざい》所《しょ》が一体化していて、二つ玄関《げんかん》がある建物だった。住居《じゅうきょ》サイドの方はパッと見ふつうの家。実行犯《じっこうはん》はピッキング用の工具を使ってスムーズに家に侵入《しんにゅう》するやいなや、おまわりさんと顔を合わせたというわけ。

「X」は、警察官《けいさつかん》が腰《こし》につけている警棒《けいぼう》を交差させたデザインだ。これを丸で囲《かこ》んだ「⊗」は「警察署《けいさつしょ》」の記号である。

主人公は逮捕《たいほ》され、自分のしたことの重さを思い知った。このような件《けん》では使い走りの者は、その仕事は犯罪《はんざい》だと知らされないこともある。ともかく、少しでもあやしい仕事には絶対《ぜったい》に関わってはいけない。

02 ナイルのたまもの

理由→なぜ？

「どうした、ジャン。船によったか？」

お父さんは、夕日にきらめくナイル川の水面をだまって見下ろしている10歳《さい》の息子の肩《かた》に手をかけた。ジャンは顔を上げてお父さんに満面の笑みを向けた。

「ううん。ナイル川のほとりで暮《く》らしてた昔の人たちのことを想像《そうぞう》してたんだよ。」

ジャンは半年ほど前から古代エジプト文明にハマっていた。

何千年も前の人たちが、あんなに巨大《きょだい》なピラミッドをつくり上げたなんて！

図鑑《ずかん》を開いては謎《なぞ》めいたスフィンクス像《ぞう》、王家の谷のファラオの墓《はか》といった古代遺跡《いせき》の写真に見入った。パピルスという紙に書かれたヒエログリフ（古代エジプトの象形文字《しょうけいもじ》）も、「神の子」とあがめられた王が死後にミイラにされるのも——なんて神秘的《しんぴてき》なのだろう。

ジャンが毎日、古代エジプトのことばかりしゃべるものだから、お父さんはついにジャンをエジプトに連れてきてくれたのだ。

「『エジプトはナイルのたまもの』って言うでしょ。このナイル川が、文明をつくったんだなぁと思ってさ。」

「ジャン、むずかしい言葉を知ってるんだな。」

お父さんは驚《おどろ》いたようにジャンを見つめた。

「エジプトはナイルのたまもの」とは古代ギリシャの歴史家《れきしか》、ヘロドトスが残したとされる言葉である。

エジプトは雨が少なく気温が高い。ふつうに考えれば作物を育てるのがむずかしい土地だ。しかし、ナイル川は古くから洪水《こうずい》をくり返してきた。川があふれることによって養分をふくんだ土が川ぞいに運ばれる。そのおかげで農耕《のうこう》が栄えたことを表現《ひょうげん》した言葉である。「たまもの」とは、「いただきもの」のような意味だ。

「やだなぁ、このくらい常識《じょうしき》でしょ。」

ジャンが大人ぶって言うので、お父さんはニヤリと笑う。

「そうか。じゃあ、世界四大文明も知ってるな？」

「エジプト文明、メソポタミア文明、インダス文明、黄河《こうが》文明。4つとも大きな川のほとりで発展《はってん》した文明だよね。」

「正解《せいかい》。どうして川のそばで文明が発達したのかもわかるかな？　農耕《のうこう》に適《てき》していたことのほかに。」

ジャンは親指をあごの下にあてててちょっと考えるそぶりをする。

「水は生活に必要だから。飲み水とか洗濯《せんたく》とか水浴びとか。となると、しぜんに人がたくさん集まって村ができる。」

「いいね。それから？」

お父さんは帆船《はんせん》の床《ゆか》を靴《くつ》のかかとでコツコツと鳴らした。ヒントを出したつもりである。ジャンの顔がパッと輝《かがや》く。

「ああ、船でものを運べるからか。船なら、荷車を引くよりラクに重いものを運べる。それに、遠くの人とも交流しやすいね。」

「その通り。よくわかったな。おっと、そろそろ下船の準備《じゅんび》をしよう。」

お父さんはジャンの金髪《きんぱつ》の頭をポンポンとなでた。

帆船《はんせん》クルーズを終えた2人は半日ぶりに陸地に降《お》り立った。

下船した人たちはさっさと移動《いどう》していくが、ジャンはなごりおしそうに川をながめている。

「ずいぶんナイル川が気に入ったんだな。」

「うん。ぼくさ、川が生活にいろんなものをもたらすってあんまり考えたことなかったから。だって、ぼくらの身近な川……セーヌ川なんてめちゃくちゃ水がきたないでしょ。『フランスはセーヌのたまもの』なんて言えやしない。」

「ははは、そりゃそうだな。」

お父さんは笑って大きくのびをした。感受性豊《かんじゅせいゆた》かな息子をせかしたくなかったが、日も暮《く》れてきた。「そろそろ出発しよう」というサインをそれとなく送ったつもりである。

ところが、ジャンはポイポイとスニーカーと靴下《くつした》をぬぎ捨《す》てた。

「最後に、古代エジプト人の気分になってくるよ！」

「ちょっと待て！」

お父さんは走り出したジャンを追いかけた。

そして、しっかり腕《うで》をつかんで言ったのである。

「入るな！　ナイル川は良いものばかり運んでいるわけじゃない！」


?

お父さんがナイル川に入ろうとするジャンを止めたのはなぜだろうか。

解《かい》説《せつ》

エジプトを南北につらぬくナイル川は世界最長の川。国土の9割《わり》が乾燥《かんそう》した砂漠《さばく》地帯であるエジプトに、生命と高度な文明をもたらした川である。しかし、ナイル川は同時に寄生虫《きせいちゅう》を拡散《かくさん》させてきたことがわかっている。

その寄生虫《きせいちゅう》とは「住血吸虫《じゅうけつきゅうちゅう》」。中間宿主となるのは、淡水《たんすい》にすむ巻貝《まきがい》だ。巻貝《まきがい》の体内で成長し、泳ぐどころか手足をちょっと水につけるだけでも幼虫《ようちゅう》がひふを通して侵入《しんにゅう》、感染《かんせん》する危険《きけん》がある。古代エジプトのミイラ分析《ぶんせき》によると、多くの太古のエジプト王が住血吸虫症《じゅうけつきゅうちゅうしょう》やマラリアによって命を落としたことが解明《かいめい》されている。マラリアを引き起こすのは、ナイル川で繁殖《はんしょく》した蚊《か》である。「恵《めぐ》みの川」というプラスイメージに惑《まど》わされず、実態《じったい》を知ることが大切だ。

これはナイル川にかぎらない。住血吸虫《じゅうけつきゅうちゅう》の感染症《かんせんしょう》は過去《かこ》に日本でも発生し、世界各地で発生例がある。水がきれいに見えても安全と思いこまず、川のことをよく調べよう。

03

砂《さ》漠《ばく》の雨

理由↓なぜ？


サウジアラビア、首都のリヤドにほど近い砂漠《さばく》にて。

オオタは赤い砂《すな》の上に仁王立《におうだ》ちし、沈《しず》みゆく夕日をながめていた。

「何時間でも見ていられるよなぁ。来てよかった。」

オオタがため息をつくと、ミヨシは深くうなずいた。

2人は同じ会社の同僚《どうりょう》だ。ぐうぜんにも2人とも、11月に遅《おそ》い夏休みを取ったことがわかり――ミヨシが「砂漠《さばく》の冒険《ぼうけん》旅行」にオオタを誘《さそ》ったのだ。

「だろ？　さ、テントの設営《せつえい》をするぞ。今夜は、満天の星をながめながらたき火としゃれこむぞ。砂漠《さばく》の夜は冷えるからな。」

「たき火かぁ。最高だな！　何か手伝うことがあったら言ってくれよ。」

「そうだな。今のうちにたきつけになる木を集めてもらおうか。」

オオタはあたりを見回した。こんなところに木なんかあるのかと思ったが、カラカラに乾《かわ》いた植物の枝《えだ》が砂《すな》にうまっているのを見つけることができた。


「うぉ～、あったけぇ！」

砂漠《さばく》を闇《やみ》が満たすころ。オオタとミヨシはテントのそばで火をかこんでいた。リヤドの街で買ってきた食材をかんたんに調理し――だだっ広い大地の上で食事をするのはなんともいえずいい気分だった。

あかあかと燃《も》えるたき火を一心に見つめるあまり、２人はいつしか上空を雲がおおっているのに気づかなかった。

「そろそろ寝《ね》るか」とミヨシが言ったとき、ポタリと雨が落ちてきた。雨粒《あまつぶ》は勢《いきお》いよく砂《すな》の大地をたたき始める。

「砂漠《さばく》にも雨って降《ふ》るんだな。恵《めぐ》みの雨ってやつか。」

オオタはすっくと立ち上がり、天をあおぐ。一方のミヨシは心配そうだ。

「豪雨《ごうう》になったらまずいぞ。たしかにこの国じゃ、雨は少ない。だけど、日本の1か月分くらいの雨量が1日でドバッと降《ふ》ることがあるんだ。」

「でも、ここはカラカラの砂漠《さばく》だよ。雨なんか地面にしみこんじゃうだろ？」

だが、ミヨシは荷物をどんどん車にほうりこみ始めた。

「オオタ、手伝ってくれ。テントを撤収《てっしゅう》して、できるだけ高地に避難《ひなん》するんだ！」

「なんでだよ？　大げさなこと言うなよ。」

ミヨシはオオタの両かたをつかんだ。

「言うことを聞いてくれ。砂漠《さばく》でおぼれ死にたくなければな！」


？

砂漠《さばく》で雨が降《ふ》ると危険《きけん》なのだろうか。

解説《かいせつ》

砂漠《さばく》とは、雨が極端《きょくたん》に少なく乾燥《かんそう》していて植物が育ちにくい地域《ちいき》のこと。「広い部分が砂《すな》や岩はだでおおわれていて、年間降水量《こうすいりょう》が250ミリ以下」の土地をいう。とはいえ砂漠《さばく》では、雨が1~2日でまとめて降《ふ》ることがある。わが国でも「24時間で250ミリ」の雨が降《ふ》ることはあるが、これは排水《はいすい》されなければ深さ25センチの雨水がたまることを意味する。砂漠《さばく》は地面が乾《かわ》いているから水をよく吸《す》うと思ったら大まちがい。乾燥《かんそう》しきって地面がカチコチにかたまっているので、水はしみこんでいかない。だから、周囲《しゅうい》にはんらんのおそれがある川がなかったとしても、砂《さ》漠《ばく》の「洪水《こうずい》」はありうる。なんと、砂漠《さばく》での死因《しいん》は「溺死《できし》」がもっとも多いといわれている。サウジアラビアでは年間の降雨量《こううりょう》が少ないせいで、都市部でも排水溝《はいすいこう》の整備《せいび》がおくれている。そのため、都市および砂漠《さばく》で大規模《だいきぼ》な洪水被害《こうずいひがい》が起こりがちだ。エジプトやクウェート、ヨルダンなどの国々《くにぐに》も同様だという。ミヨシの機転のおかげで、2人は無事に身を守ることができた。

04

死海で交渉《こうしょう》を

危険《きけん》→なぜ？

「アドルフ、本当に『黒のニクラス』の呼《よ》び出しに応《おう》じるつもりなのか？」

ランベルトは心配そうに長年の親友の顔をのぞきこんだ。

アドルフは荷づくりの手をとめて、ランベルトに笑いかけた。

「だいじょうぶさ。ニクラスがヤバいヤツなのはわかってる。だけど、向こうから平和的にお互《たが》いが納得《なっとく》する交渉《こうしょう》をしようと持ちかけてきたんだ。」

ランベルトはため息をついた。父親の会社を継《つ》いだアドルフはお坊《ぼっ》ちゃん育ちで人を疑《うたが》うことを知らない。だから、部下が『黒のニクラス』の通り名で呼《よ》ばれる、関わるべきでない危険《きけん》な相手と取引をしていたことにもずっと気づかなかった。

その部下が、ニクラスに請求《せいきゅう》された理不尽《りふじん》な代金を払《はら》えずに失踪《しっそう》したのが半年前のこと。それから、ニクラスは社長であるアドルフに連絡《れんらく》をしてくるようになった。しかし、アドルフが「その契約《けいやく》は違法《いほう》なものだから金は払《はら》わない」とつっぱねてから、彼《かれ》の身辺に異変《いへん》が起こり始めたのだ。車にひかれそうになったり、上から鉄骨《てっこつ》が落ちてきたり、電車のホームから突《つ》き落とされたり。

そのたび、間一髪《かんいっぱつ》で難《なん》を逃《のが》れたのは幸運だったが、こんなことが立て続けに起こるのは不自然だ。そうランベルトが指摘《してき》しても、アドルフは「でも、ぼくを殺《ころ》したってニクラスに金が入るわけじゃないだろう？」と、おっとりかまえている。

「アドルフ。たとえばの話だが、ニクラスはおまえの会社の重役とグルになってる可能性《かのうせい》だってあるぞ。それに本物の悪党《あくとう》はふところに金が入らなくても、憎《にく》しみのために人を殺《ころ》すことだってやってのける。」

「でも、ニクラスはわざわざ有名なリゾート地のホテルに招待《しょうたい》してきたんだ。死海でプカプカしながら話をしようって。観光客だらけの土地だし危険《きけん》はないさ。」

「ヤツはおまえが泳げないのも調べずみなんじゃないか？」

「ははは。いくらぼくがカナヅチでも死海でおぼれるなんて不可能《ふかのう》だよ。」

イスラエルとヨルダンの間にまたがる死海は、ふつうの海の約10倍も塩分が濃《こ》いので、体がまったく沈《しず》まない。その感覚は「浮遊体験《ふゆう》」といわれるほど。ミネラルをふくんだどろははだによいとされ、保養地《ほようち》としての人気も高い。「死海」というぶっそうな名前は、塩分が濃《こ》すぎて魚がすめないためについたものだ。

ランベルトは少しだまっていたが、何かを思いついたような顔になり、身ぶるいした。

「いや。ニクラスと死海に入ったりしちゃダメだ。たとえ、おまえをおぼれさせせなくても、死の危険《きけん》にさらすことはできるんだからな。」


死海ではどのような危険《きけん》が考えられるだろうか。

解説《かいせつ》

ふつうの海水は塩分濃度《のうど》3・5%《パーセント》程度《ていど》だが、死海は約30%《パーセント》。体が浮《う》きやすいのでネット上には「死海に浮《う》かびながら本を読む人」の記念写真がいっぱいだ。塩分濃度《のうど》30%《パーセント》の水とは、70グラムの水に30グラムの塩を溶《と》かした状態《じょうたい》。口にするとしょっぱいどころか「苦い」と感じるレベルだ。「魚がすめない」と知っているなら「人間の体にもなんらかの影響《えいきょう》があるのでは?」と疑《うたが》いを持つべきだ。じつは「死海に入るのは15分まで」と制限《せいげん》されている。海水が目に入ったらとんでもない激痛《げきつう》が走る。うっかり海水を飲んでしまうと内臓《ないぞう》に異常《いじょう》をきたすことがある。肺《はい》に入れば、すぐに救命《きゅうめい》措置《そち》を行わなければ死に至《いた》る場合もあるのだ。浮《う》きやすい水の中は歩きにくいので、ちょっと押《お》されれば転んで水を飲んでしまうかも。実際《じっさい》、ニクラスは、アドルフを死海で転ばせようとたくらんでいたのだ。

アドルフはランベルトの助言を聞き入れ、死海に出かけるのを取りやめた。

ちなみに死海は陸地に囲《かこ》まれているので、分類上は海でなく湖である。

05

逃《とう》避《ひ》行《こう》、ハワイへ！

理由↓なぜ？

なんてこった！　ベテランの殺《ころ》し屋《や》としたことが……しくじった。

オレはとある裏《うら》組《そ》織《しき》のボスの暗殺《あんさつ》を請《う》け負《お》っていた。そいつは睡眠薬《すいみんやく》でぐっすり眠《ねむ》っているはずだったんだ。部屋に侵入《しんにゅう》し、ベッドに横たわるヤツをナイフでひと刺《さ》ししようとした瞬間《しゅんかん》——あいつはパッと目を開けて身をかわしたんだ。おかげで急所をはずしちまった。

ヤツは非常《ひじょう》ベルを押《お》し、大声で助けを呼《よ》びながら枕《まくら》の下から銃《じゅう》を取り出した。あそこから逃《に》げ出せただけでも幸運だったと言わざるを得《え》ない。

ビルの外に出たオレは走りながら血のついたナイフをタオルでぬぐった。工事現《げん》場《ば》のフェンスにかかっていただれかのジャンパーをひったくってナイフをぐるぐる巻《ま》きにしてしばり、川に投げこむ。

とにかく遠くに逃《に》げないとヤバい。敵《てき》は警察《けいさつ》だけではない。何しろ顔を見られたんだ。あいつの組織《そしき》の部下たちが血眼《ちまなこ》でオレを探《さが》し始めているだろう。


オレはすぐに所属《しょぞく》する殺《ころ》し屋《や》組織《そしき》のトップのフナイに連絡《れんらく》した。何度かやりとりしたあと、フナイはこう指示《しじ》してきた。

「とりあえずハワイに飛べ。今夜の9時に羽田を発《た》つ航空《こうくう》チケットを用意した。その後の話はまとまってる。明日ハワイに着いたら〈サンダ〉に迎《むか》えに行かせる。おまえは当分、日本に帰らない方がいいだろう。〈サンダ〉がどこか外国に逃《に》がす手はずを整えてくれる。」

〈サンダ〉は、ハワイに住む日本人の便利屋だ。うちの組織《そしき》ではよく世話になっている男で、信頼《しんらい》が置ける。

「わかりました。〈サンダ〉とどこで落ちあえばいいですか？」

「悪いがホテルは自分で取ってくれ。で、〈サンダ〉に居場所《いばしょ》を伝えろ。」

フナイは早口で〈サンダ〉の電話番号を伝えると、電話を切った。いや、「切れた」という方が近いかも？　オレの失敗のせいでフナイの身にも危険《きけん》が迫《せま》っているのかもしれない……。だが、今はフナイの心配をしているよゆうはない！

オレは急いで家に帰り、パスポートと現金《げんきん》をかき集めた。目立つ服装《ふくそう》はしたくないが、多少バカンス客みたいなかっこうをした方がいい。なにしろ今日は8月1日。世の中じゃ夏休みのシーズンだ。黒いシャツとズボンをぬぎ、うすい黄色のシャツとカーキ色のハーフパンツに着がえた。

はたしてこんな時期にホテルが確保《かくほ》できるのか心配だったが——旅行会社に電話をかけまくり、10件目《けんめ》でうまくいった。

「8月2日？　1泊《ぱく》だけでよろしいのでしょうか？」

と言われてハッとする。たしかにハワイに行くのに1泊《ぱく》ってのはおかしいよな。

「いいんです。次の日からは現地《げんち》の友人の別荘《べっそう》に泊《と》まるので。」

と、スラッとウソをつく。

飛行機に乗りこむと、ホッとした。とりあえず周囲《しゅうい》にオレを見張《みは》ってる人物はいないようだ。さぁ、けわしい顔はやめだ。「これから楽しいバカンスが待っている」というつもりになろう。そんなことを考えながら機内でワインを1ぱい飲むと、オレはぐっすり眠《ねむ》ってしまった。

空港に到着《とうちゃく》したのは朝の9時。ハワイの明るい日差しの下、オレはカフェに入って時間をつぶした。そして、チェックインできる12時と同時にホテルに飛びこんだのだが……。

「お客様は本日のご予約に入っておりません。」

フロント係は冷たくこう言い放ったのだ。

「は？　ちゃんと確《たし》かめろよ！　まちがいなく予約したんだから！」

何人か職員《しょくいん》が集まってきてザワザワし——日本人のスタッフが出てきた。

「確認《かくにん》しましたところ、お客様のご予約は今日ではなく明日の1泊《ぱく》となっております。申《もう》し訳《わけ》ありませんが、今日は満室です。」

「何言ってんだ？　困《こま》るよ。オレはちゃんと8月2日で予約した。旅行会社に確認《かくにん》してみろ。通話録音もあるはずだ！」

いらだちのあまり、思わずカウンターをけっちまった。そしたらカウンターの上のデカい花びんが倒《たお》れてスタッフにぶつかった。

「お客様。暴力《ぼうりょく》は困《こま》ります！」

オレはスタッフに取りおさえられ——ここから先はご想像《そうぞう》の通りだ。そして、いまいましいことに、すべてはオレのミスだったんだ。


？

なぜ、ホテルの予約がとれていなかったのだろうか。

解説《かいせつ》

主人公は、ハワイと日本の時差を考え忘《わす》れていたのだ。地球は太陽のまわりを自転しながら回っているから、太陽が当たっているのはいつも地球の半分だけだ。日本が昼の12時なら、地球の反対側のブラジルは夜の12時というわけ。

国や地域《ちいき》の時刻《じこく》を調整するため、「日付変更線《へんこうせん》」というものがある。もちろん実際《さい》に線が引かれているのではなく、人間が考え出したものだ。日付変更線《へんこうせん》は、太平洋の経度《けいど》１８０度あたりを南北に貫《つらぬ》いている。この線を西から東へ越《こ》えると、日付は１日もどる。日本から見ると、ハワイは日付変更線《へんこうせん》をまたいで東にある。日本を夜に出発すると、ハワイに着くのは「同じ日の朝」になる。

日本とハワイの時差は19時間。主人公は8月1日の夜9時に日本を発ち、7時間後にハワイに着いた。日本時間なら8月2日の朝4時だが、ハワイ時間では8月1日の朝9時。「8月2日」にホテルを予約した主人公のミスである。主人公はフロントでのさわぎで警察《けいさつ》を呼《よ》ばれ、日本での犯行《はんこう》もバレて逮捕《たいほ》されてしまった。

06

入会試験

解《かい》読《どく》↓成功？

4月。大学の入学式を終えたオレは夢《ゆめ》のような気持ちだった。

ほら、そこに――ずっと会いたかった人がいる。

待ち合わせた学生ホールのカフェテリアの前に立っていたミチカ先輩《せんぱい》は、オレに気づくとなつかしい笑顔《えがお》で口を開く。

「ヤザワくん、入学おめでとう。1年ぶりだね。」

オレが地元の宮城《みやぎ》県をはなれ、東京《とうきょう》を目指したのはミチカ先輩《せんぱい》と同じ大学に入りたいからだった。

オレがミチカ先輩《せんぱい》に出会ったのは高2の春。ひとめぼれした。初恋《はつこい》だった。

で、ミチカ先輩《せんぱい》が所属《しょぞく》するクッキング部に入った。なのに、3年生は夏休み前に部活を引退《いんたい》しちゃうんだよな。たまに部をのぞいてくれたけど、部員は多いし、あんまり話せなくて。

でも、勇気を出して「ミチカ先輩《せんぱい》と同じ大学を志望《しぼう》してるんです」って言ったら、受験対策《たいさく》とか教えてくれたんだ。


「ミチカ先輩《せんぱい》って、何かサークルとか入ってるんですか?」

オレは経営学部《けいえいがくぶ》で、先輩《せんぱい》は文学部。学部も学年もちがうから、自然に仲よくなるには同じサークルに入るしかない。

「うん。少人数のミステリー研究会なんだけどね。」

「ミステリー研究会か。おもしろそう。オレ、興味《きょうみ》あるなぁ!」

ミチカ先輩《せんぱい》は意味ありげに笑った。

「それが、会長さんがマニアックな人で。入会試験があるんだよ。」

「え？　入会試験？」

げっ。オレ、ホントはミステリーなんて全然読んだことないよ……。

「難《むずか》しい推理《すいり》の謎解《なぞと》きとかじゃないんだよ。じつは会長さんにはもう一つ趣味《しゅみ》があってね。研究会のメンバーには、その趣味《しゅみ》にちなんだニックネームがついてるの。『その意味がわかるか？』っていうのが試験問題。今、あたしが言えるのはここまでだよ。」

「わかりました。オレ、入会試験を受けてみたいです。」

次の日、オレはミチカ先輩《せんぱい》に連れられて「ミステリー研究会」の部室をたずねた。3年生の会長さんは銀ぶちメガネのツルに手をやり、ミチカ先輩《せんぱい》が教えてくれた説明をしてから、せきばらいをした。

「じゃあ、試験を始めるよ。まず、ぼくのニックネームは――『金色の風』。」

会長が目配せすると、となりのくるくるパーマ男子がニコッと笑う。

「ぼくは副会長の『一番星』です。」

それから、メンバーは時計回りに自己紹介《じこしょうかい》を始めた。

「初めまして。3年の『風さやか』です。」

「あたしは2年、英文学科の『ひめの凛《りん》』です。」

「ぼくは2年の『森のくまさん』です。」

うーん……何なんだろう？　「金色の風」とか「一番星」は、詩とか歌のタイトルかなと思ったけど。

「風さやか」に「ひめの凛《りん》」となると、アイドルのアーティスト名かも？

「森のくまさん」とかもアイドルグループとかにありそうだよなぁ。

と、思ったところで。

「あ、オレは『新之助《しんのすけ》』です。2年生。」

背《せ》の高いイケメンくんの言葉に、オレはさらに混乱《こんらん》した。

なんだそのフツーの名前みたいなニックネームは⁉

「じゃ、最後はあたしね。ヤザワくん、がんばって！」

ミチカ先輩《せんぱい》がはげましてくれた！　先輩《せんぱい》はオレに仲間になってほしいと思ってく

れてるんだ！　よーし、あきらめないでじっくり考えるぞ。

「あたしのニックネームは『ひとめぼれ』です。」

金色の風、一番星、風さやか、ひめの凛《りん》、森のくまさん、新之助《しんのすけ》、ひとめぼれ。

いまいち確信《かくしん》はないけど……これで合ってるかも？

?

7つのニックネームは共通する「あるもの」の名前である。
それは何だろうか。

解《かい》説《せつ》

正解《せいかい》は「ブランド米」だ。ブランド米とは農林水産省に認定《にんてい》された品種（銘柄《めいがら》）のお米。有名なところでは「あきたこまち」「コシヒカリ」「ゆめぴりか」などがある。お米は複数《ふくすう》の品種を混《ま》ぜて販売《はんばい》されることもあるが、「ブランド米」は必ず単一の品種で売られる。一口にお米といっても味わいはいろいろ。甘《あま》みが強かったり、あっさりめだったり。もちもち食感、粒《つぶ》がかためでかみごたえがあるタイプなど。各産地や農家の方々《かたがた》の努力により、たくさんのブランド米が誕生《たんじょう》している。「ひとめぼれ」は宮城《みやぎ》県のブランド米。主人公はお米にくわしくはなかったが、地元のお米なので知っていたのだ。先輩《せんぱい》にひとめぼれしたおかげで、スーパーで目についていたのかも？　正解《せいかい》した主人公はミステリー研究会のメンバーに迎《むか》えられた。推理《すいり》小説を読んで語り合ったり、ブランド米の試食会をしたりしながら、ミチカ先《せん》輩《ぱい》との距離《きょり》は近くなっているようだ。

ちなみに主人公のニックネームは「だて正夢《まさゆめ》」（宮城《みやぎ》県）に決定した。

07 冬晴れの午後

理由↓なぜ？


昨夜の雨がうそのような、快晴《かいせい》の冬の午後。トヨサキ氏はうつろな目で、焼けこげた「トヨサキ　イチゴ園」の看板《かんばん》を見つめていた。

最初の発見者は近所のミヤタ氏だ。彼《かれ》が「トヨサキさんのイチゴ園が火事だ」と消防署《しょうぼうしょ》に通報《つうほう》してくれたのだが——火の勢《いきお》いは激《はげ》しく、鎮火《ちんか》するまで3時間ほどかかった。よその家に燃《も》え広がらなかったのが不幸中の幸いである。

「どうしてこんなことになったんだ。イチゴ園を再開《さいかい》しようって矢先に！」

トヨサキ氏は数年前からイチゴ園を営《いとな》んでいた。長年農業をやってきたのだが、ふと思い立って大型《おおがた》のビニールハウスをつくり、イチゴ狩《が》りができる施設《しせつ》を始めたところなかなかの評判《ひょうばん》となった。

しかし、この1年ばかりは家庭の事情《じじょう》でいそがしく、イチゴ園は閉鎖状態《へいさじょうたい》だった。このたび、ようやく一段落《いちだんらく》して――ちょうど明日あたりからビニールハウスの整備《せいび》をしようと思っていたところだったのだ。


「災難《さいなん》でしたね。」


ミヤタ氏はメガネの奥《おく》の小さな目をパチパチさせて、トヨサキ氏に声をかけた。

「まいりましたよ。ミヤタさん、消防《しょうぼう》を呼《よ》んでくれてありがとうございます。」

しかし、そのときトヨサキ氏の心に黒い煙《けむり》のような疑念《ぎねん》が浮《う》かんだのである。

（第一発見者はあやしいっていう。ミヤタさんが放火犯《ほうかはん》じゃないだろうな。）

トヨサキ氏は、近所の人から「ミヤタ氏がおたくのイチゴ園の成功をうらやんでいる」と聞いたことがあったのだ。トヨサキ氏は横目でミヤタ氏の顔を見やった。

「これから警察《けいさつ》とくわしく話をするんで、第一発見者のミヤタさんにもご協力いただくことになりますね。放火の可能性《かのうせい》もあるかもしれませんし……。」

ミヤタ氏は青ざめた。

「ま、まさか……わたしを疑《うたぐ》ってるんじゃ……？」

ミヤタ氏がそう言ったとき。緊迫《きんぱく》した空気を打ちやぶるように、ミヤタ氏の7歳《さい》の孫娘《まごむすめ》が走ってきた。そして、ランドセルを下ろすと、中から虫めがねを取り出して勇ましく言い放つ。

「犯人探《はんにんさが》しならまかせて！　あたしが火をつけた真犯人《しんはんにん》を見つけてあげる！」

「すみません。この子、最近、少年探偵《たんてい》が活躍《かつやく》するマンガに夢中《むちゅう》で……。」

ミヤタ氏は決まり悪そうに頭を下げたが──すぐさまハッと顔を上げた。

「そうか！　火事の原因《げんいん》がわかったかもしれません！」


ミヤタ氏は、ビニールハウスの火事の原因《げんいん》に思い当たったようだ。その原因《げんいん》とは何か。なぜ、ひらめいたのだろうか。

解説《かいせつ》

これは「収《しゅう》れん火災《かさい》」と呼《よ》ばれるものだ。ビニールハウスの屋根のくぼみに雨水の水たまりができ、そこに太陽の強い光がさしこんで、光が屈折《くっせつ》した。一点に集まった光が熱を持ち、ビニールハウス内の枯《か》れ草が発火して燃《も》え上がったのである。みなさんも虫めがねで太陽光を集め、紙をこがす実験をやったことがあるだろう。これはビニールハウスのくぼみにたまった水が凸《とつ》レンズの役割《やくわり》をはたして起こった事故《じこ》なのだ。ミヤタ氏は孫娘《まごむすめ》が取り出した「虫めがね」のおかげでこれに思い当たった。検証《けんしょう》の結果、まちがいなく「収《しゅう》れん火災《かさい》」だと断定《だんてい》され、トヨサキ氏はミヤタ氏を疑《うたぐ》ったことを謝罪《しゃざい》した。部屋の窓辺《まどべ》に水が入ったペットボトルや金魚鉢《きんぎょばち》、鏡を置いていた場合にもこの火災《かさい》は起こりうるので注意しよう。

ビニールハウスは露地栽培《ろじさいばい》とちがって天候や害虫の影響《えいきょう》を受けにくいメリットがある。イチゴの本来の旬《しゅん》は4~6月ごろだが、温度管理を行えば真冬でも収穫《しゅうかく》できるのだ。

08

放浪癖《ほうろうへき》のあるスパイ

推測《すいそく》→正解《せいかい》？

アキホはインターホンの画面に映《うつ》る男の顔を確認《かくにん》すると「ちょっとお待ちください」と言った。

その男は、アキホの夫に仕事を依頼《いらい》するためにときどきこのマンションを訪《たず》ねてくるのだ。

ドアを開けると、M《エム》氏はぶえんりょに部屋を見回す。彼《かれ》の後ろにくっついている初顔の男は「S《エス》」と名乗った。

「あの……、サイさんは？」

彼《かれ》らはアキホの夫のことを「サイさん」と呼《よ》ぶ。それがフリーランスのスパイであるアキホの夫の通り名であるらしい。

「残念でしたね。さっき帰ってきたかと思ったら出かけちゃいました。」

アキホが言うと、M《エム》氏とS《エス》氏はがっくりうなだれた。

「一歩おそかったか！」

アキホは夫の仕事のことをくわしく知らない。どうやらすご腕《うで》のスパイらしく、しょっちゅうどこかを飛び回っている。そして、何か大きな仕事が終わって帰ってくると、着の身着のまま、フラリと旅に出てしまうのだ。

所持金がなくなると日払《ひばら》いの仕事を見つけてなんとかするという。飲食店の皿洗《さらあら》いや配達、漁師《りょうし》、道路工事から似顔絵描《にがおえか》きまで――なんでも器用にこなし、周囲《しゅうい》になじんでしまう。そんな持ち前の性質《せいしつ》も、旅先で得《え》た経験《けいけん》もスパイ業に役立っているのかもしれない。

日本のあちこちで知り合いを増《ふ》やしているから、誘《さそ》われてひょいと出かけて行くケースもあるようだ。

M《エム》氏はイライラしたように頭をかきむしった。

「今すぐサイさんに頼《たの》みたい重要な案件《あんけん》があるんですよ。いつ帰ってきますか?」

「そんなの知りませんよ。わかってるくせに。」

彼《かれ》は旅に出てしまうと、まったく連絡《れんらく》を寄《よ》こさない。スマホでメッセージを送ったって読まないいし、電話にも出ない。

「でも、行き先について何か言ってってたでしょ?」

アキホはコーヒーカップを2人の前に置いて、コクリとうなずいた。

「ええ。『日本最南端《さいなんたん》の島に行ってくる』って。」

「は? 日本最南端《さいなんたん》の島!?」

M《エム》氏はコーヒーをすすって、S《エス》氏にぐちっぽくこぼす。

「サイさんて、いつもそういう謎《なぞ》めいた言い方をするんだよ。なんで、どこそこに行くってちゃんと言わないのかね?」

「なぜかわかりませんけどね。この間なんかあの人、『日本で2番目に高い山に登ってくる』って言って出てったんですよ。1番は富士山《ふじさん》だけど、2番目はどこだっけって思って。昔、学校で習ったんですけどね。調べるのもしゃくだから一生けん命思い出そうとして。3日目目に『そうだ、北岳《きただけ》だ!』って思い出した瞬間《しゅんかん》、帰ってきたんですよ。」

アキホはおかしそうに笑ったが、男たちはむっつりしている。

「サイさんってそうとう変わった人ですね。」

S《エス》氏は、M《エム》氏にささやいた。

M《エム》氏はコーヒーを飲みほして立ち上がった。

「ごちそうさまでした。どうにかしてサイさんを探《さが》してみます。沖縄《おきなわ》の離島《りとう》となるとだいぶやっかいですがね。この案件《あんけん》はサイさんに頼《たの》む以外考えられない。おい、すぐに出発するぞ。」

しかし、S《エス》氏はあまりあわてた様子ではない。

「M《エム》さん。沖縄《おきなわ》に行くなんて見当ちがいですよ。」

M《エム》氏は目をむいた。

「なんだって?」

S《エス》氏はいたずらっぽく目を光らせた。

「サイさんは、謎《なぞ》めかすけど正確《せいかく》な物言いをする方のようですからね。彼《かれ》がどこで何をしているか、だいたい見当がつきましたよ。」

?

すご腕《うで》スパイのサイは「日本最南端《さいなんたん》の島に行く」と言いのこした。サイはどこにいるのだろうか。

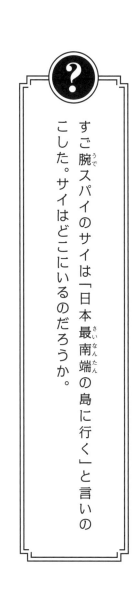

解説《かいせつ》

「日本最南端《さいなんたん》の島」というと、沖縄《おきなわ》を思い浮《う》かべる人が多いかもしれない。だが、じつは日本の一番南にあるのは東京都《とうきょうと》小笠原《おがさわら》村に属《ぞく》する「沖《おき》ノ鳥島《とりしま》」なのだ。北小《きたこ》島《じま》、東小島《ひがしこじま》の二つからなる小さな島で、人は住んでおらず、小笠原《おがさわら》村の住人でも自由に島に入ることはできない。だが、例外的にこの島に上陸できるケースがある。この島は岸が波にけずられて小さくなるのを防《ふせ》ぐため、護岸《ごがん》コンクリートで囲《かこ》まれている。S《エス》氏はサイが島の護岸《ごがん》コンクリート工事にかり出されたと推理《すいり》したのである。真実はこの通りで、S《エス》氏たちはサイを連れもどすのに成功した。

ちなみに、日本の最東端《さいとうたん》はおなじく東京都《とうきょうと》小笠原《おがさわら》村の「南鳥島《みなみとりしま》」。最西端《さいせいたん》は、沖《おき》縄県《なわけん》の与那国島《よなぐにじま》。最北端《さいほくたん》は、北方領土《ほっぽうりょうど》（日本政府《せいふ》は日本の領土《りょうど》と主張《しゅちょう》しているが、ロシアが支配《しはい》している4つの島）をのぞくと、北海道《ほっかいどう》稚内市《わっかないし》に属《ぞく》する「弁天島《べんてんじま》」だ。

09

夜のエッフェル塔《とう》

理由↓なぜ？

「フランス旅行3日目。今日は一日自由行動だから、パリ名所を回るよ！　まずは1836年にできた凱旋門《がいせんもん》。フランスの英雄《えいゆう》ナポレオンがアウステルリッツの戦いの勝利を祝して造《つく》らせたんだけど、ナポレオンが生きてるうちには完成しなかったんだって。」

SNS《エスエヌエス》には、アリナちゃんが凱旋門《がいせんもん》をバックにした写真がアップされている。「いいね」の数字が増《ふ》えていくのをながめ、あたしはスマホをポケットにしまった。

あたしも今まさに、凱旋門《がいせんもん》の前で撮《と》った写真をアップしようとしてたんだけど、アリナちゃんの写真とポーズもかぶってる。

あー、最悪。これじゃマネっこしたみたいじゃん。

このフランス旅行は、「大学生エッセイコンクール」入賞《にゅうしょう》の副賞《ふくしょう》のツアーだ。フランスに連れてきてもらった上位5名は全員女子で、すぐ仲よくなれた。でも、なんだかアリナちゃんには複雑《ふくざつ》な感情《かんじょう》がある。

正直なところ、あの子のSNS《エスエヌエス》がやたらバズるのに嫉妬《しっと》してる。コンクールではあたしが大賞《たいしょう》で、あの子は佳作《かさく》だったのに。こんなこと考えちゃうの、性格《せいかく》悪いかな。でも、気になる。コンクールの主催《しゅさい》者《しゃ》のアカウントが5人の投稿《とうこう》をどんどん紹介《しょうかい》してるから、ライバル心がかきたてられる。

そんなこともあって、自由行動の今日はアリナちゃんと距離《きょり》を置いてる。いっしょに行動してるのは準大賞《じゅんたいしょう》のシオちゃんだ。

凱旋門《がいせんもん》をあとにすると、朝ごはん代わりにマカロンの名店でお茶をすることにした。鮮《あざ》やかな黄色のレモンのマカロンに、淡《あわ》いグリーンのピスタチオ味、バニラやダークチョコレート。もちろん食べる前にしっかり写真を撮《と》る。きれいなティーポットを写真のすみに入れて――マカロンがかわいく見える角度を探《さが》してパシャパシャ撮《と》ってたら、シオちゃんがあわてた様子で言った。

「次、エッフェル塔《とう》に行く予定にしてたけど、先にルーブル美術館《びじゅつかん》に行った方がいいかも。予約時間に間に合わなくなりそう。」

あー、時間の計算まちがったか。今日はノートルダム寺院やオペラ座《ざ》にも行かなきゃなんだけど、ルーブル美術館《びじゅつかん》はやっぱり特別重要なスポット。だって、だれもが知ってる名画「モナ・リザ」や、大理石の彫刻《ちょうこく》「ミロのビーナス」があるんだよ。しかも、こういう常設《じょうせつ》作品は写真撮影《さつえい》OK《オーケー》なの。すごくない？

「よし、予定変更《へんこう》して先にルーブルに行こう！」

ルーブル美術館《びじゅつかん》はすばらしかった。お城をもとにした建物だから、内装《ないそう》も華麗《かれい》で。かけ足で回ったけど、3時間くらいかかっちゃった。ホントは「モナ・リザ」とツーショットってSNS《エスエヌエス》に上げたかったけど、混《こ》んでたからあきらめた。ほかのお客さんが映《うつ》りこんだ写真はネットにアップできないもん。

肖像権《しょうぞうけん》に引っかかるんだ。顔にモザイクかければセーフとはいえ、写真のムードが台なしになっちゃうし。

おなかがペコペコになったあたしたちは、今度はガレット（そば粉《こ》のクレープ）のお店に飛びこんだ。スマホを開いて、アリナちゃんのSNS《エスエヌエス》をチェックすると——。

「アリナちゃん、さっそくエッフェル塔《とう》の写真アップしてるよ。」

シオちゃんが言った。やっぱ、シオちゃんも気にしてたんだ。

写真には「エッフェル塔《とう》は1889年のパリ万国博覧会《はくらんかい》のモニュメントとして建てられた。エッフェルさんが設計《せっけい》したって知ってた？」というコメントつきだ。

また、アリナちゃんに遅《おく》れをとっちゃったな。

と、思ってたら、シオちゃんの顔がパッと輝《かがや》いた。

「あ、今からなら、ライトアップされたエッフェル塔《とう》の写真が撮《と》れるよ。」

「え、エッフェル塔《とう》にライトアップなんてあるの？」

「うん、日没《にちぼつ》から24時までなんだ。おばあちゃんが教えてくれたの。ライトアップが始まった1985年に新婚《しんこん》旅行でフランスに来たときに見たって。」

それならアリナちゃんの写真とかぶらない。しかも、ライトアップの写真の方がめずらしいはず！

ところが、その直後。あたしたちはツアーの責任者《せきにんしゃ》に呼《よ》び出されたのだ。

「あなたたちがＳＮＳ《エスエヌエス》にアップしたエッフェル塔《とう》の写真、削除《さくじょ》してほしいの。」

「あたしたちだけですか？　アリナちゃんもエッフェル塔《とう》の写真をのせてましたけど？」

すると、責任者《せきにんしゃ》の人は意外なことを言ったんだ。

「夜のエッフェル塔《とう》の写真をアップするのは違法《いほう》なのよ。」

なぜ、夜のエッフェル塔《とう》の写真をアップしてはいけないのだろうか。

解説《かいせつ》

著作権《ちょさくけん》の侵害《しんがい》になるからだ。著作権《ちょさくけん》とは、作品を創作《そうさく》した人が持つ権利《けんり》。他人に、作品を勝手に利用されないよう保護《ほご》する法律《ほうりつ》だ。ただし、これには期限《きげん》があり、ＥＵ《イーユー》諸国《しょこく》や日本では著作権者《ちょさくけんじゃ》の死後、70年たつと著作権《ちょさくけん》が消滅《しょうめつ》する。

フランスの法律《ほうりつ》では、建築物《けんちくぶつ》も「美術品《びじゅつひん》」の一種と考えられ、著作権《ちょさくけん》が存在《そんざい》する。エッフェルが死んだのは１９２３年なので、すでに著作権《ちょさくけん》は切れている。しかし、「エッフェル塔《とう》に施《ほどこ》されたイルミネーション」も、独立《どくりつ》した著作物《ちょさくぶつ》とされているのだ。ライトアップが始まったのは１９８５年なので、こちらの著作権《ちょさくけん》はまだ切れていない。勝手に写真をＳＮＳ《エスエヌエス》などにアップすると違法《いほう》になりかねないわけだ。エッフェル塔《とう》の著作権《ちょさくけん》は、フランスの公共団体《こうきょうだんたい》が管理しており、事前に許可《きょか》が取れていれば写真を公開しても問題はない。とはいえ、街にある建物すべてが「美術品《びじゅつひん》」と認定《にんてい》されるわけではない。イルミネーションを作品ととらえるかどうかもケースによりけり。国によって対応《たいおう》はさまざまだ。

10 日本で一番高い山

危機《きき》→逆転《ぎゃくてん》？

文化祭にしてはなかなかの観客が集まって、緊張《きんちょう》してたんだよな。

わがR《アール》中学のクイズ研究会は全国大会で入賞《にゅうしょう》して、ちょっと有名になってさ。強豪校《きょうごうこう》、W《ダブリュー》中学のクイズ研究会を招《まね》いての対抗戦《たいこうせん》は何年も前から文化祭の定番なんだけど、がぜん注目度が高まったんだ。

対抗戦《たいこうせん》の第1局、早押《はやお》しマルバツクイズは5人対5人で戦う。問題作成や判定《はんてい》、司会進行を行うのは地域《ちいき》のH《エイチ》高校のクイズ研究会の人たちだ。

司会者が、マイクを手に問題文を読み上げる。早押《はやお》しクイズは、ボタンを押《お》すタイミングが重要だ。が、ボタンをにぎる手が汗《あせ》ですべって——。

「最初の問題です。富士山《ふじさん》は日本一高い山で」で、ボタンを押《お》しちゃった。

やっちまった！　問題をあと「一文字」聞いて押《お》さなきゃいけなかったのに。

問題が「富士山《ふじさん》は日本一高い山である」なら答えは「マル」。

だが、「富士山《ふじさん》は日本一高い山ではない」なら答えは「バツ」になるからだ。

こうなったら一か八か。確率《かくりつ》は50％《パーセント》。カンに頼《たよ》るしかない。

「答えは……マル？」

「残念、不正解《ふせいかい》です。問題文は『富士山《ふじさん》は日本一高い山ではない』だったので、正解《せいかい》は『バツ』です。」

W《ダブリュー》中学の応援団《おうえんだん》は大盛《おおも》り上がり。こんなかんたんな問題でフライングしてミスるなんて、R《アール》中のエースとしてみっともなさすぎる！

待てよ。

ぼくは、「リクエスト」のプラカードを上げた。出題に対して文句《もんく》をつけたい場合は、異議《いぎ》を唱えていいことになっている。

「今の問題は、正確《せいかく》には『2025年時点で富士山《ふじさん》は日本一高い山ではない』とするべきだったのではないですか？　明治《めいじ》28年から昭和《しょうわ》20年までは、富士山《ふじさん》は日本一高い山ではありませんでした。」

司会者はH《エイチ》高校のスタッフとひそひそ話をし、それからマイクを持った。

「これから判定《はんてい》委員会で協議するので、少々《しょうしょう》お待ちください。ところで、その期間、富士山《ふじさん》より高かったという山の名前は？」

ぼくは勝利を確信《かくしん》して口を開いた。

?

主人公は「明治《めいじ》28年から昭和《しょうわ》20年まで」には日本に富士山《ふじさん》より高い山があったと主張《しゅちょう》した。どういうわけなのだろうか。また、その山とは？

解《かい》説《せつ》

主人公は「玉山《ぎょくざん》、または新高山《にいたかやま》」と答えた。日本一高い山が富士山《ふじさん》（3776メートル）であるのは常識《じょうしき》だが、じつは明治《めいじ》28（1895）年から昭和《しょうわ》20（1945）年までは、日本一の山は別にあった。それは台湾《たいわん》にある「玉山《ぎょくざん》（3952メートル）」だ。明治《めいじ》28年、日本は清《しん》（現在《げんざい》の中国）から台湾《たいわん》をゆずり受けた。そして、昭和《しょうわ》20年、日本が太平洋戦争に敗れた際《さい》に台湾《たいわん》は中国に返還《へんかん》される。この50年間は、台湾《たいわん》は「日本」の領土《りょうど》だったわけだ。

台湾《たいわん》で一番高い玉山《ぎょくざん》を、「富士山《ふじさん》より高い」ことから「新高山《にいたかやま》」と名づけたのは明治天皇《めいじてんのう》だ。昭和《しょうわ》16（1941）年12月、日本海軍がアメリカの真珠湾《しんじゅわん》への攻撃《こうげき》を指示《しじ》する暗号として「ニイタカヤマノボレ」という言葉を使ったのは有名な話。

協議の結果、主人公の主張《しゅちょう》は認《みと》められた。結果、この問題は「正解《せいかい》」になり、勢《いきお》いをつけたR《アール》中学は対抗戦《たいこうせん》に勝利したのである。

11

世界で一番過《か》酷《こく》な砂《さ》漠《ばく》

失敗→結果？

「なぁオキタ。次の番組の企画《きかく》だけどさ、『世界一暑い場所に行く』ってのはどうかな？」

言いだしっぺはアンザイだった。

オレとアンザイは、かつて漫才《まんざい》コンビだった。だが、まったくウケないんで、ユーチューバーにくら替《が》えした。そしたら意外と……まあまあ人気出てるんだよ。

「日本でも毎年猛暑《もうしょ》が話題になってるし、いいかもな。」

さっそく調べてみる。

「歴代《れきだい》最高気温を記録したのはアメリカ、カリフォルニア州のデスバレーってとこだってよ。56・7度だって。」

オレが言うと、アンザイが「待って待って」とスマホを見せてくる。

「『一番暑い』っていう定義《ていぎ》にもいろいろあるらしいぜ。いわゆる気温じゃなくて『体感温度』とか。」

「あーなるほど。日本は湿度《しつど》が高いから、気温以上に暑いっていうか不快度《ふかいど》が高いかもしれないしな。」

「研究者によっては『地表面温度』を重視《じゅうし》してるんだって。で、地表面温度の最高記録80・8度を出したのが、アメリカとメキシコにまたがるソノラ砂漠《さばく》と、イランのルート砂漠《さばく》だ。」


てなわけで、オレたちはイランのルート砂漠《さばく》にやって来た。

「いやぁ、未体験ゾーンだね。これは！」

オレとアンザイは猛烈《もうれつ》な暑さに圧倒《あっとう》されながら動画を撮《と》り始めた。

「もうね。スニーカーはいてても足が燃《も》えそうだもんね。これが地表面温度80度台を記録した砂《すな》の熱さだ！　ほら、よく浜辺《はまべ》でビーサンぬげて『うわーアチアチアチ！』ってなるじゃん？　ここでやったらマジでやけどするって！」

「やってみてやってみて！」

アンザイにうながされ、オレはスニーカーとソックスをぬいだ。ウケるためには体をはらないと。

「うわあぁ〜っちゃっちゃっちゃっちゃっ！」

オレは砂《すな》の上をつま先ではね回り、盛大《せいだい》にすっころんだ。

「背中《せなか》も焼けるように熱い〜。っていうかホントに焼けそう！」

アンザイは手をたたき、それからカメラに向かってしゃべり始めた。

「ここ、ルート砂漠《さばく》は暑すぎて生物が生きられないっていわれるね。」

「たしかに、木も草も生えてないよな。」

「多少はあるらしいよ。高温や乾燥《かんそう》に強い植物とか。生物だとヘビとかスナネズミ、スナネコとか。環境《かんきょう》に適応《てきおう》した動物なんだって。」

オレは立ち上がって砂《すな》をはらい、遠くを見わたした。

「う〜ん、何も見えないな。あ〜、もう砂《すな》と岩ばっかの風景、見あきた！　オアシスでもあればいいのに！」

「オアシスっていうのは砂漠《さばく》の中にひょこっとある泉《いずみ》や緑地のことね。っていうかオキタ、砂漠《さばく》にあきるの早すぎだろ！」

と言ってから、アンザイはいったんカメラをオフにした。

「しかし、何もなさすぎて絵にならないな。蜃気楼《しんきろう》でも見えりゃいいんだけど。」

蜃気楼《しんきろう》とは見えないはずの遠くの景色が、浮《う》かんだり逆《さか》さまに見える自然現象《しぜんげんしょう》だ。温かい空気と冷たい空気があると、そこを通った光が屈折《くっせつ》することが原因《げんいん》で起こる。砂漠《さばく》や海などで起こる現象《げんしょう》だが、大気の状態《じょうたい》のほかに風など、いろんな条件《じょうけん》がそろわないと見えないらしい。

「オアシスか蜃気楼《しんきろう》くらい撮影《さつえい》したいよな。」

「この際《さい》、ヘビでもいいよ。ネタになればなんでもいい！」

オレたちは暑さにヒイヒイ言いながら砂漠《さばく》を歩き続けた。

何度目かの休憩中《きゅうけいちゅう》に、オレはハッとした。

「忘《わす》れてた。『焼肉』企画《きかく》！」

砂《すな》の上に鉄板を置いて、その熱で肉が焼けるか試すつもりでさ。ここに来る前、町で牛肉を買ってきたんだ。保冷剤《ほれいざい》なんてない。

「しまった！　買ってから4時間くらいたってる。腐《くさ》ってるだろうなぁ。」

オレは、砂《すな》の上に放置してたエコバッグからおそるおそる肉の包みを取り出した。


?

はたして、肉は腐《くさ》っていたのだろうか。

解説《かいせつ》

わたしたちは「気温の高いところに長時間食べ物を放置すると腐《くさ》る」と思っているが、これは必ずしも正解《せいかい》ではない。そもそも腐《くさ》るのは微生物《びせいぶつ》の働きによる。そこに微生物《びせいぶつ》が存在《そんざい》し、繁殖《はんしょく》しやすい温度や湿度《しつど》の条件《じょうけん》がそろって初めて「腐《くさ》る」のだ。

主人公たちが買った牛肉は、やや乾燥《かんそう》していただけだった。「生物が生きられない」といわれるほどの暑さと乾燥《かんそう》のなかでは、微生物《びせいぶつ》だって生きられない。

主人公たちは、肉を放置する実験に切り替《か》えた。やがて、完全に干《ひ》からびた肉は、番組のいいネタになったのである。

ルート砂漠《さばく》は冒険家《ぼうけんか》や自然を愛する人に観光地として人気があり、キャンプ場も整備《せいび》されている。イランは国土の2割《わり》以上が砂漠《さばく》である。

12

177の謎《なぞ》

犯人《はんにん》↓だれ？

「ナベシマさん。これ、ダイイング・メッセージと考えていいんでしょうね？」

壁《かべ》にのこされた血文字を見つめていたわたしは、部下のシライの声にうなずいた。

「ああ、そうだろうな。」

この家の主であった陶芸家《とうげいか》のミツモト氏は、書斎《しょさい》で背中《せなか》を刺《さ》されて息絶《た》えているところを発見された。おそらく殺人者《さつじんしゃ》が出ていったあとで――最後の力をふりしぼり、ふるえる指先で書かれた文字があった。

「ダイイング・メッセージっていうか暗号ですよね？　なんでズバリ、犯人《はんにん》の名前を書いてくれないんですかね？」

シライがため息をつく。

「だれがこのメッセージの第一発見者になるかわからない。名前を書かれた人物が最初に『遺言《ゆいごん》』を見つけたら、消してしまう可能性《かのうせい》もある。被害者《ひがいしゃ》は死のまぎわに、われわれ警察《けいさつ》の推理力《すいりりょく》を信頼《しんらい》して必死のパスを出したんだ。」

「なるほど。」

シライは血文字をスマホで写真に撮《と》ると、その画像《がぞう》をさかさまにしたり、いろんな角度でながめている。

「シライくんは、これをどう推理《すいり》する？」

シライはまだ現場《げんば》デビューしたてのヒヨッコ警察官《けいさつかん》だ。40歳《さい》も年下で、わたしの息子よりも若《わか》い。定年が近づいた身としては、こういう若者《わかもの》にできるかぎりたくさんのことを教えなければならない。

だから、現場《げんば》でも彼《かれ》に考えさせるようにしているのだ。

シライはまゆをひそめて一生けん命考えている。

「そうですねぇ。ちょっとよれてるけどやっぱり数字の『177』ですよね。何のナンバーなんだろう。最後の●は『0』で、4ケタの暗証《あんしょう》番号だったりしませんか？　銀行とか貸金庫《かしきんこ》の暗証《あんしょう》番号を遺族《いぞく》に教えたのかも？」

「ふむ。あらゆる可能性《かのうせい》を考えて口に出すのは大事だぞ。『0』の中を塗《ぬ》りつぶすクセの人もいるかもしれないな。彼《かれ》の筆跡《ひっせき》を確《たし》かめてみよう。」

わたしは、ミツモト氏の机《つくえ》の一番上の引き出しをそっと開けて、古びたアドレス帳を取り出した。手書きで、たくさんの人の電話番号や住所が書きつけてある。

しかし彼《かれ》の書く「0」はふつうの「0」だった。これを確認《かくにん》すると、シライは残念そうに言った。

「やっぱりこれはただの黒丸なんですね。『177』じゃ誕生日《たんじょうび》でもないし、4ケタの

数字なら電話番号の一部ってこともあるかと思ったんですが。」

「ちなみにミツモト氏は電話ぎらいで、スマホも持っていなかったんだ。」

「80歳《さい》とはいえ、いまどきスマホを持ってないなんてめずらしいですね。」

生まれたときから当たり前にケータイがあったシライにとっては信じられない話だろう。

わたしたちは部屋の中を見回した。さっぱりとした部屋だ。机《つくえ》の上には、長年使っていたであろう電話機、そのそばにメモ帳とペン立てとマグカップがあるだけ。陶芸《とうげい》や美術《びじゅつ》関係の本が並《なら》ぶ本棚《ほんだな》も整とんされている。寝室《しんしつ》もリビングルームも陶芸《とうげい》工房《こうぼう》も、老人の一人暮《ひとりぐ》らしとは思えないほど片《かた》づいていたし、きちょうめんな性格《せいかく》なのだろう。

わたしは胸《むね》ポケットから手帳を取り出した。

「これが被害者《ひがいしゃ》にうらみを持っていたとされる重要な容疑者《ようぎしゃ》リストだ。」

雨宮和美《あめみやかずみ》、黒田勇吾《くろだゆうご》、丸川一菜《まるかわいちな》。

シライは、ミツモト氏のアドレス帳でこの3人の電話番号を確認《かくにん》した。「177」

をふくむ電話番号の者はいない。郵便《ゆうびん》番号とも関係がない。

「おや。もしかしたら……⁉」

容疑者《ようぎしゃ》の名前をじっと見つめていたとき、ふとひらめいたことがあった。

そう、やはりこれは確《たし》かにダイイング・メッセージだったのだ！

シライは「ぼくには絶対《ぜったい》思いつきません」と何度も言ったのだが――わたしが謎《なぞ》を解明《かいめい》できたのは被害者《ひがいしゃ》に世代が近かったせいである。

まぁ、いろいろな世代や立場の人の暮《く》らしぶりを想像《そうぞう》することは大事なのだ。

と、シライには言っておいた。


『177●』は3人の容疑者《ようぎしゃ》の中の1人を示《しめ》したものだった。名指しされた犯人《はんにん》はだれだろうか。

解《かい》説《せつ》

「177」は、NTT《エヌティーティー》東日本・NTT《エヌティーティー》西日本による天気予報《よほう》サービスの電話番号である。固定電話から「177」に発信すると、その地域《ちいき》の天気予報《よほう》が流れるサービスだ。しかし、近年はスマホで天気予報《よほう》をチェックする人が増《ふ》えたため、このサービスは2025（令和7）年3月いっぱいをもって終了《しゅうりょう》となった。だが、スマホが普及《ふきゅう》する以前の世代の人には、利用しやすいサービスとして愛されていたのだ。陶《とう》芸家《げいか》は屋外で作業をすることが多いので、ミツモト氏はこのサービスをよく活用していたようだ。だからこそ、とっさにこの暗号を思いついたのである。「177」は「天気」を意味し、「●」（黒丸）は「雨」を表す天気記号だ。すなわち、ミツモト氏が名指ししたかったのは「雨宮和美《あめみやかずみ》」である。

主人公はこの推理《すいり》をもとに捜査《そうさ》活動を行い、最終的に雨宮和美《あめみやかずみ》は犯行《はんこう》を認《みと》めるにいたったのである。

13 アフリカ人の魂《たましい》

危機《きき》→逆転《ぎゃくてん》？

ときは16世紀《せいき》、南米はブラジルにて。

この時代、ブラジルはポルトガルの植民地だった。ポルトガル人たちはこの地にサトウキビ農園を作っていた。当初、ここに住んでいた先住民をどれいとして働かせていたが、農園を拡大《かくだい》するにつれてさらなる労働力が必要になった。

そこで、アフリカ人を大量にさらってきて働かせていた——そんな時代の話。

「こんな日がいつまで続くんだろうな。」

アフリカ人どれいたちは、ろくに食べ物も与《あた》えられずに朝から晩《ばん》まで働かされた。

「態度《たいど》が悪い」とか「さぼっていた」とか言いがかりをつけられては暴力《ぼうりょく》をふるわ

れたり、食事をぬかれたりする。しかも、仕事が終わったあとは「反抗《はんこう》しないように」と両手に手かせをつけられるのだ。

「くそ！　やられっぱなしはイヤだ。やり返せるように準備《じゅんび》をしよう！」

「こんな状態《じょうたい》で何ができるってんだ？」

男たちは汗《あせ》にまみれ、よごれた顔を見合わせた。

「そうだ。足は動かせるじゃないか。足をきたえるんだ！」

こうして彼《かれ》らは足で攻撃《こうげき》する練習を始めた。飛びげり、ジャンプしながら体を回転させる回しげりも、まるで舞《ま》うようにやってのけた。キックだけでなく相手を転ばせる足払《あしばら》いなども研究した。

しかし、あるとき、練習をしているところを農園主に見つかってしまったのだ。支配者《しはいしゃ》たちは青くなった。しなやかで強い体を持つアフリカ人たちに襲《おそ》いかかられたらかなうはずがない。

「おまえら！　今度そんなことをしてるところを見つけたら死刑《しけい》にするぞ！」

だが、アフリカ人たちは練習を続けることをあきらめなかった。

「なに、見つかってもバレないようにやればいいんだ。」

「バレないようにって？」

「けり技《わざ》の練習に見えなければいいってことさ。」

そうして、彼《かれ》らが始めたことは――今、「カポエイラ」と呼《よ》ばれるブラジルの国《こく》技《ぎ》のルーツとなったのだ。


アフリカ人たちは、けり技《わざ》の練習に見えないようにどんな工夫をしたのだろうか。

解説《かいせつ》

アフリカ人たちはダンスの練習に見せかけたのである。木や植物の実で手作りの楽器をたたいたり歌ったりして、音楽に合わせて「ダンスしている」ように見せながら、けり技《わざ》を練習する。これが現在《げんざい》、ブラジルの国技《こくぎ》である「カポエイラ」の誕《たん》生秘話《じょうひわ》だ。カポエイラは2008年にはブラジルの無形文化遺産《いさん》となり、さらにユネスコの無形文化遺産《いさん》にも登録されている。

カポエイラは1対1で行うが、勝敗はつけない。格闘技《かくとうぎ》、ダンス、アクロバットなどの要素《ようそ》をふくむ芸術的《げいじゅつてき》な競技《きょうぎ》だ。参加者みんなで輪を作り、リズミカルな音楽を奏《かな》でる。対戦する2人は輪の中でリズムにのってステップを踏《ふ》み、相手との駆《か》け引きを楽しみながら、踊《おど》るように攻撃技《こうげきわざ》を披露《ひろう》する。

ブラジルがポルトガルからの独立《どくりつ》をはたすのは、1822年のこと。黒人どれい制度《せいど》が廃止《はいし》されたのは1888年だ。カポエイラのもとを築《きず》いた人々《ひとびと》は苦しい人生を送ったが、その中で後世に残る文化を生み出した精神《せいしん》に頭が下がる。

14

甲《こう》子《し》園《えん》の土

理由↓なぜ？

ときは1958（昭和《しょうわ》33）年、夏。

兵庫県《ひょうごけん》の阪神甲子園《はんしんこうしえん》球場で行われる「夏の甲子園《こうしえん》（全国高等学校野球選手権《せんしゅけん》大会）」は、この年、ひときわ全国から注目を浴びていた。

大会第40回を記念して、初めて全都道府県から1校ずつ代表が出場することになったためである。

そんななか、特に熱い気持ちでテレビにかじりついていたのは沖縄県《おきなわけん》の人々《ひとびと》だ。

「沖縄県《おきなわけん》の高校が初めて甲子園《こうしえん》の土を踏《ふ》んだ！」

それだけでもうれしいのに、沖縄《おきなわ》代表の首里《しゅり》高校のナカソネ主将《しゅしょう》が選手宣誓《せんせい》を務《つと》めることになったのだから地元は大盛《おおも》り上がりだ。

開会式では、北の学校から順番に選手が入場する。

一番最後に、首里《しゅり》高校の選手たちが入場すると――スタンドからは大きな拍手《はくしゅ》がわき起こった。

選手の列の前にナカソネ主将《しゅしょう》が進み出ると、球場は水を打ったように静かになる。

「宣誓《せんせい》、我々《われわれ》はスポーツマンシップにのっとり、正々堂々《せいせいどうどう》と戦うことを誓《ちか》います。昭和《しょうわ》33年、8月8日。沖縄《おきなわ》代表、首里《しゅり》高校、ナカソネヒロシ。」

日本中の人々《ひとびと》がこの宣誓《せんせい》を特別な思いで見守った。終戦から13年たったこのときも、沖縄県《おきなわけん》はまだアメリカの統治下《とうちか》に置かれていたからだ。

沖縄《おきなわ》にはたくさんのアメリカ軍の基地《きち》がある。そこで暮《く》らすアメリカ兵たちは、ひまなときによく野球をやって遊んでいた。地元の人たちはアメリカ兵が捨《す》てたバットやボールを拾い、修繕《しゅうぜん》して使っていた。だから野球になじみはあったのだが、スポーツとして本格的《ほんかくてき》に取り組む環境《かんきょう》は整っていなかった。

それにいち早く気づいたのは、日本高校野球連盟《れんめい》のS氏《エス》だ。

（沖縄《おきなわ》はいまだアメリカの統治下《とうちか》にあり「日常《にちじょう》」を取り戻《もど》していない。野球を通じて、沖縄《おきなわ》を復興《ふっこう》させよう！）

S《エス》氏は沖縄県《おきなわけん》におもむき、「沖縄県《おきなわけん》の高校野球連盟《れんめい》」設立《せつりつ》の手伝いをした。

また、沖縄《おきなわ》を訪《おとず》れるたびに学校に新品のボールをプレゼントしたり、九州からチームを派遣《はけん》して交流試合を行うなど、沖縄《おきなわ》のレベルアップのために力をつくしたのである。


首里《しゅり》高校の試合は開会2日目だった。

対戦相手は福井県《ふくいけん》の強豪《きょうごう》・敦賀《つるが》高校。首里《しゅり》高校は0対3で敗れた。

しかし、沖縄《おきなわ》の人々《ひとびと》はがっかりしなかった。実力差からすれば、もっと大差で負けることだって考えられたからだ。

みんなすなおに「3点しか取られなかったなんてすごい」「いい勝負をした！」

と喜《よろこ》んだのである。

首里《しゅり》高校の選手たちも、多くの人に応援《おうえん》され、この大舞台《おおぶたい》で試合をやりきった充《じゅう》実感《じっかん》でいっぱいだった。

「いろんな人たちに支《ささ》えられて最高の経験《けいけん》ができた！」

「甲子園《こうしえん》でプレーできたことは一生の宝物《たからもの》だ！」

そんな気持ちで、甲子園《こうしえん》の土をビニール袋《ぶくろ》に詰《つ》めたのである。


ところが。

甲子園《こうしえん》をあとにし、地元に帰った選手たちをショッキングなことが待ち受けていた。

那覇《なは》港から船を降《お》りようとしたときのことである。

「申《もう》し訳《わけ》ありませんが、甲子園《こうしえん》の土は没収《ぼっしゅう》します。土を持っている人は出してください。」

「どうしてですか……？」

土を持ち帰った選手たちがおずおずとビニール袋《ぶくろ》を取り出すと、職員《しょくいん》はその土を、真夏の光がきらめく青い海に捨《す》ててしまったのである。

職員《しょくいん》はなぜ土を捨《す》ててしまったのだろうか。

解《かい》説《せつ》

このとき沖縄県《おきなわけん》はアメリカ統治下《とうちか》にあったから。日本の本土の土は「外国の土」とみなされる。検疫法《けんえきほう》という法律《ほうりつ》の「外国の土は持ちこんではならない」という規《き》定《てい》にのっとり、球児たちが宝物《たからもの》のように持ち帰った土はその場で捨《す》てられてしまったのだ。事件《じけん》はニュースで報道《ほうどう》され、話題となった。これに怒《いか》りを覚えた航空《こうくう》会社の客室乗務員《じょうむいん》の女性《じょせい》は甲子園《こうしえん》の小石を拾い集めて首里《しゅり》高校におくったという。「土」は検疫《けんえき》法に引っかかるが、「小石」はセーフだったからだ。首里《しゅり》高校の甲子園《こうしえん》出場記念碑《きねんひ》には、この小石がうめこまれているそうだ。

この事件《じけん》は沖縄《おきなわ》の本土復帰《ふっき》運動が高まる一因《いちいん》になったといわれる。沖縄《おきなわ》が本土に返還《へんかん》されたのは１９７２（昭和《しょうわ》47）年のことだ。

沖縄県《おきなわけん》の高校が甲子園《こうしえん》で初優勝《はつゆうしょう》したのは１９９９（平成《へいせい》11）年の春。偉業《いぎょう》をなしとげたのは沖縄尚学《おきなわしょうがく》高校だ。今や沖縄《おきなわ》といえば野球が強いイメージがあり、多くのプロ野球選手を送り出している。

15

綿《めん》花《か》とピアノ

理由↓なぜ？

「あ、フジキくん、新しいメガネだ。カッコいいね。」

ピアノのレッスン室に入ると、マリノ先生はすぐ気づいてくれた。ぼくはスッと背《せ》すじをのばす。白のフレームのメガネ、ちょっとカッコよすぎな気がして照れくさかったけど、マリノ先生がほめてくれるならいいや！

「これ、おじさんがくれたんです。福《ふく》井《い》県《けん》に出張《しゅっちょう》したおみやげだって。」

「そうなの。福《ふく》井《い》県《けん》っていえば、メガネのフレームの名産地よね。」

「そうなんですか？　そもそもメガネの名産地ってどういうことなんですか？　ミカンやリンゴなら、栽培《さいばい》に気候が向いてるっていう理由があるけど。」

マリノ先生は、ふふっと笑った。

「そうね。福井県《ふくいけん》がメガネの名産地になった理由も、ある意味では気候のせいといえるわ。フジキくんは福井県《ふくいけん》の気候の特徴《とくちょう》、何か知ってる？」

「えーと……雪が多い？」

雪が多いのとメガネがどう結びつくのかわからないけど、とりあえず言ってみた。

「そう。福井《ふくい》のメガネ作りは明治《めいじ》時代に農家の副業として始まったの。雪にとじこめられて、冬はできることがないでしょ。そこで、地元のある人が『地域《ちいき》ぐるみで産業に取り組んで、地元の経済《けいざい》を安定させよう』と考えたんだって。明治《めいじ》時代は近代化が進んで、教育も盛《さか》んになった時代だから『これからメガネはもっと必要になる』と目をつけたのね。」

ぼくがバッグから楽譜《がくふ》を出してピアノのいすに座《すわ》ると、マリノ先生はピアノの鍵《けん》盤《ばん》をポーンとたたいた。

「じゃあ、国産のピアノが100％《パーセント》静岡県《しずおかけん》で作られてるのは知ってる？」

「そうなんですか？　静岡《しずおか》ってお茶とかミカンとか……いろいろ特産品がありますす

よね。漁港もあるし。やっぱり農家の副業でピアノをつくり始めたんですか？」

「ふふふ、そうじゃないわ。じつは、静岡《しずおか》でピアノがつくられるきっかけを作ったのは徳川家康《とくがわいえやす》なの。家康《いえやす》は江戸幕府《えどばくふ》を開くずっと前、浜松城《はままつじょう》を拠点《きょてん》にしていたの。暖《あたた》かくて水はけのいい土地の性質《せいしつ》から、綿花《めんか》の栽培《さいばい》に力を入れさせたのよ。」

「綿花《めんか》？　ヒントはそれだけですか？」

「もう一つ挙《あ》げるなら、木材が豊富《ほうふ》にあったこと」と言い、マリノ先生はいたずらっぽい笑顔《えがお》を浮《う》かべた。そしてピアノの前に座《すわ》ると――流れるように両手を動かし、自在《じざい》にペダルを踏《ふ》みながらぼくの好きなショパンのワルツを弾《ひ》き始めた。


？

なぜ、「綿花《めんか》の栽培《さいばい》を始めたこと」が、ピアノの生産につながったのだろうか。

解説《かいせつ》

綿花《めんか》の栽培《さいばい》が盛《さか》んになれば、はた織《お》り機（布《ぬの》を織《お》る機械）が必要になる。そこで、複雑《ふくざつ》なはた織《お》り機を作ることができる、腕《うで》のいい職人《しょくにん》が集まってきた。こうして浜《はま》松《まつ》には木材を加工する工場がたくさんできていったのだ。

そして、明治維新後《めいじいしんご》。医療《いりょう》器械の修理工《しゅうりこう》だった山葉寅楠《やまはとらくす》という人が、浜松《はままつ》の小学校の先生に頼《たの》まれて輸入品《ゆにゅうひん》のオルガンを修理《しゅうり》したことをきっかけに、ピアノの製作《せいさく》に取り組み始めた。この山葉寅楠《やまはとらくす》こそ世界的なピアノのトップメーカー「ヤマハ株《かぶ》式会社《しきがいしゃ》」の創業者《そうぎょうしゃ》。ピアノは多様な大きさ、形の部品を８０００個《こ》あまり組み合わせてできている。木材加工の高い技術《ぎじゅつ》がなければできない仕事なのだ。

はたおり機とピアノはまったくちがうものに思えるが、両手足を使う点は共通していて興味深《きょうみぶか》い。

16

ツバルの財産《ざいさん》

理由↓なぜ？

ときは1992（平成《へいせい》4）年。

エンドウくんはテレビを消すと、深いため息をついた。

（地球温暖化《おんだんか》の問題は知ってたけど……今って、ここまで深刻《しんこく》な状態《じょうたい》なのか。）

彼《かれ》が見ていたのは、ブラジルのリオデジャネイロで行われた「地球サミット（国連環境《かんきょう》開発会議）」に関するニュース番組だ。

今や「気候変動による異常《いじょう》気象《きしょう》と地球温暖化《おんだんか》のため、海面が上昇《じょうしょう》している。このまま進むと、やがて南太平洋のツバルの島々《しまじま》が海に沈《しず》む」という。

ツバルはオーストラリアとハワイの真ん中あたりに位置する島国。サンゴ礁《しょう》でできた9つの島からなる小さな国だ。

26歳《さい》のエンドウくんは建築士《けんちくし》で、大きな建築《けんちく》会社の設計部《せっけいぶ》に所属《しょぞく》している。自然が大好きで、趣味《しゅみ》はスキューバダイビング。目下、水中写真にこっている。（ツバルの住民はどんなに不安だろう。どうにかできないのかな。）

エンドウくんは心を痛《いた》めた。

しかし、彼《かれ》はほどなくさらに大きなショックを受ける。環境《かんきょう》問題について調べていくと、自分のやっている建設業《けんせつぎょう》も地球温暖化《おんだんか》の原因《げんいん》となる温室効果《おんしつこうか》ガスをたくさん排出《はいしゅつ》していることがわかったからである。

やりきれない気持ちになった彼《かれ》は4年後に会社をやめた。

建築《けんちく》の仕事はあこがれだった。だが、自然を愛する気持ちとの矛盾《むじゅん》にたえられなくなったのだ。

さて、エンドウくんは、環境保護《かんきょうほご》の重要性《じゅうようせい》をうったえるため、自分で会社をつくることにした。１９９０年代後半はパソコンが普及《ふきゅう》し、一般《いっぱん》の人もインターネットを使い始めた時代。

（ツバルに行くのはたいへんだけど、インターネットでつながることはできる。何か支援《しえん》できることがあるかもしれない。）

エンドウくんはせっせとツバルのことを調べ始めた。

（ふーん。ツバルのドメインは「.tv」なんだな。）

ドメインとは、インターネット上で国や地域《ちいき》を識別《しきべつ》するアドレス（住所）のこと。

あらかじめ国際機関《こくさいきかん》に割《わ》り当てられるものだ。

たとえば、日本のドメインは「.jp」。「ドット・ジェイ・ピー」と読む。日本のウェブサイトやメールアドレスの末尾《まつび》には「.jp」がついているものが多い。

これは日本を英語で表記する「Japan《ジャパン》」からきている。

アメリカのドメインは「.us《ドットユーエス》」、フランスは「.fr《ドットエファール》」という具合。

ツバルは英語で「Tuvalu《ツバル》」だから「.tv《ドットティーブイ》」になったわけだ。

各国にはこのドメインを管理する会社があるのだが——このとき、ツバルではドメインがまるで使われていなかった。

それもそのはず。ツバルでは、まだインターネット環境《かんきょう》が整っていなかったのだ。ツバルはとても貧《まず》しい国だった。

基本的《きほんてき》に自給自足の生活で、主な産業は漁業くらい。なんと、この当時は国民約1万人に対し、電話機が500機ほどしかなかったそうだ。国際連合《こくさいれんごう》に加盟《かめい》していなかったのは、年会費《ねんかいひ》を払《はら》う予算すらないため。「近い将来《しょうらい》島が沈《しず》むかもしれない」という大ピンチなのに対策《たいさく》をとる技術《ぎじゅつ》もなければ、それを世界にうったえる資金《しきん》も手段《しゅだん》もない。

（ツバルを救《すく》うのは世界の義務《ぎむ》だ。でも、ツバルにもお金がないと難《むずか》しいな。何かもうかる特産品とか地下資源《しげん》でもあればいいんだけど。パッと売れて大きなお金が入るような財産《ざいさん》はないのか？）

エンドウくんはぼんやりと考えながら、ハッとひざを打った。

「あるじゃないか。すごい財産《ざいさん》が！」

エンドウくんは自分の思いつきをすぐにツバルの政府《せいふ》に伝えることにした。

「ツバル政府《せいふ》さま
あなたの国の割《わ》り当てのドメイン『.tv《ドットティーブイ》』の使用権《しようけん》を売りに出しませんか?
その利益《りえき》をツバルを救《すく》う資金《しきん》にあててはどうでしょうか。」

エンドウくんのアイディアは大当たりだった。
ツバルがこの助言通りにドメインを売りに出すと、他国の企業《きぎょう》がすぐに手を挙げ、多くの利益《りえき》を得《え》ることになったのである。

?

なぜ「.tv《ドットティーブイ》」というドメインは高額《こうがく》で売れたのだろうか。

解説《かいせつ》

「ｔｖ」という文字を見れば、だれもがテレビ（ｔｅｌｅｖｉｓｉｏｎ）を連想する。「ｔｖ」は世界中で認知《にんち》されている略語《りゃくご》だから、エンドウくんは「必ず売れるはず」とにらんだのである。

これは実話をもとにした話。この提案《ていあん》を送ってから2年後、主人公のモデル・遠《えん》藤秀一《どうしゅういち》さんはツバル政府《せいふ》から「相談に乗ってほしいから我《わ》が国に来てほしい」との連絡《れんらく》を受け、自費《じひ》でツバルにわたる。そして、彼《かれ》の働きのおかげで、最終的にアメリカの企業《きぎょう》がこのドメインを使う権利《けんり》を買い、ツバルには多額《たがく》のお金が舞《ま》いこんだ。ツバルは国際連合《こくさいれんごう》に加盟《かめい》をはたし、世界に支援《しえん》をうったえることができるようになったのだ。

遠藤《えんどう》さんはＮＰＯ《エヌピーオー》法人「ツバル　オーバービュー」の代表として、現在《げんざい》もツバルの陸地を埋《う》め立てて人工島を作る計画に関わっている。

17

燃《も》え続ける町

理由↓なぜ？

インドのジャルカンド州にて。

いやなにおいの空気が立ちこめ、広い大地のあちこちから煙《けむり》が上がっている。足もとの土はフカフカとスカスカの中間みたいな感じでなんとも頼《たよ》りない。

「着いたよ、アメリカ人のおじちゃん！」

オレを案内してきた青年はぶっきらぼうに言うと手を出した。案内料をわたすと、くるりときびすを返して去っていく。

これが「燃《も》え続ける町」か……。

決して、冷やかしで来たわけじゃない。つまりは、あいつとの会話がかみあってなかったってこと——オレが勝手な想像《そうぞう》をふくらませて誤解《ごかい》したってことだな。

オレは世界のあちこちを旅するのが好きで、「変わった場所」に目がない。

今回の旅で、最初に訪《おとず》れたのはバングラデシュだ。大昔に建設《けんせつ》された、巨大《きょだい》な仏教遺跡《ぶっきょういせき》を見るのが目的だった。それから、ここインドにわたったのだ。

インドって、もうちょっと英語が通じるかと思ってたんだけどな。

カフェでとなりに座《すわ》ってたさっきの青年に「何か、おもしろい場所はないか?」って話しかけたらさ。あいつはカタコトの英語で「100年火が燃《も》え続けてる町がある」って言ったんだ。そのあとに彼《かれ》がペラペラしゃべったのはオレの知らない言語で、意味不明だった。ともかくオレはファンタジーに出てくる不思議な火みたいなのを想像《そうぞう》して「案内してくれ」って頼《たの》んじまったんだ。


地面の穴《あな》から黒い煙《けむり》が上がっていて——たくさんの人たちが、せっせと何かを袋《ふくろ》につめている。重そうな袋《ふくろ》を引きずっていく人もいる。

なるほど、そういうことか。

オレはそばを通りかかった少年に笑いかけ、缶《かん》のコーラをさし出した。

「ちょっと話せる？」

少年はとまどった顔をしたが、缶《かん》を受け取ると一気に飲み干《ほ》した。

少年はスニルと名乗った。13歳《さい》。ありがたいことに英語がうまい。

「はい、ここは鉱山《こうざん》です。地面の下に石炭がたくさんうまってます。わが国の大資《だいし》源《げん》です。」

スニルは地面を指さした。

「ここで火が燃《も》え始めたのは１００年以上前だそうです。自然発火らしいです。」

「１００年以上？　それからずっと燃《も》え続けてるの？」

「消火しようとしても、石炭がいっぱいだから消せないんだって。地面の下は燃《も》え広がるのも速いそうですよ。」

「それで……きみの仕事はここで石炭を集めることなんだね？」

スニルは下を向き、声をひそめた。

「無許可《むきょか》でやってます。こんな場所だから違法《いほう》です。だけど、石炭を持っていくと買ってくれるとこがあるんです。正規《せいき》の業者じゃないから代金は安いけど。」

インドは貧富《ひんぷ》の格差《かくさ》が大きい国だ。整備《せいび》されたピカピカの大都市もあれば、こんな無法地帯もある。世界的なＩＴ《アイティー》大国の側面もあれば、いまだに小学校さえ卒業できない子どもも多い。スニルも学校に通っていないという。

遠くでひときわ黒々《くろぐろ》とした煙《けむり》が勢《いきお》いよく上がったのを見て、スニルは言った。

「危《あぶ》ないから早く帰った方がいいです。ここでは地盤《じばん》が沈下《ちんか》して、人や家がのみこまれる事故《じこ》が起こります。ぼくも父を亡《な》くしました。」

ぼくは思わずスニルの手を取った。

「きみだって危険《きけん》じゃないか！」

「ああ、お役人は他の土地に移住《いじゅう》するようにって言うけど。」

スニルの言い方は他人《ひと》ごとのようだ。こうしている間にも足元がくずれて、のみこまれないともかぎらないのに！

「スニル。こわくないのか？　いま死ぬかもしれないのに。」

オレがスニルの顔を正面からのぞきこむと、彼《かれ》は激《はげ》しい口調で言ったのだ。
「こわいよ。こわいに決まってます！　だけど、ぼくは移住《いじゅう》するわけにはいかない。ここにいる人たちはみんなそう思ってますよ。」

?

スニルはこの土地の危険性《きけんせい》を理解《りかい》している。なのに、なぜここに住み続けるのだろうか。

解説《かいせつ》

よその土地に行っても仕事のあてがないからだ。100年以上も燃《も》え続ける炭田では事故《じこ》で命を失ったり、汚染《おせん》された空気で病気になる危険《きけん》がある。しかし、それでも住民たちにとっては、自然の産物である石炭に頼《たよ》って生活するのが一番手っ取り早いのだ。

石炭の燃焼《ねんしょう》は、温室効果《おんしつこうか》ガス排出《はいしゅつ》の最大の原因《げんいん》である。だが、いまだに石炭は発電を支《ささ》える重要な燃料《ねんりょう》だ。

「いつまでも燃《も》え続ける場所」は、世界各地にある。トルコには山の岩からしみ出たメタンガスが自然発火して、推定《すいてい》2000年以上燃《も》え続けている場所がある。世界最大の石炭産出国である中国でも、何百件《けん》もの炭鉱火災《たんこうかさい》が起こっている。ひとたび、石炭や天然ガスなどの燃料《ねんりょう》がふんだんにある場所で火災《かさい》が起こると、消火は困《こん》難《なん》。消火をあきらめ、放置されている状態《じょうたい》なのである。

18

カツオの一本《いっぽん》釣《づ》り

危機《きき》→逆転《ぎゃくてん》？

高知沖《こうちおき》の海を漂《ただよ》う漁船の上で、ジーノは夜明け前の暗い海面を見つめていた。

（いきなり漁船に乗せてもらえるなんて驚《おどろ》いたなぁ……。）

ジーノはイタリア人だ。日本の食文化オタクで、ついに日本に移住《いじゅう》したのが1年前のこと。知人のつてで高知県《こうちけん》に住みはじめ、カツオの刺身《さしみ》が大好物に。カツオを1匹《ぴき》ずつ釣《つ》り上げる「一本釣《いっぽんづ》り」が見たくて漁師町《りょうしまち》にやって来た。

たまたま出会った船長に勢《いきお》いで「一本釣《いっぽんづ》りを見せてもらえないか」と相談したら、「あんた。変わってるなぁ！」と感心され、手伝いとして船に乗せてもらえることになったのである。

「よし、『なぶら（カツオの群れ）』を見つけたぞ！　みんな、用意はいいな。」

船長の声に漁師《りょうし》たちがうなずきあい、釣竿《つりざお》に手をのばすのをジーノは驚《おどろ》きの目で見た。海は暗く、どんなに目をこらしてもカツオの姿《すがた》なんて見えない。

「どうしてカツオの群れがいる場所がわかるんですか？」

ジーノがたずねると、一番若《わか》そうな漁師《りょうし》が教えてくれた。

「ほら、海鳥が海面すれすれを飛び回ってるだろ。やつらは浅いとこを泳ぎ回るイワシをねらってんだ。つまり、イワシをエサにするカツオもその辺にいるわけさ。」

「おお、なるほど！」

船長がジーノの方にふり向いてニヤリとする。

「ジーノ、じゃあ、さっきの水そうのイワシを海にまいてもらおうか。」

さらに海に生きたエサをまいて、カツオが集まったところに釣《つ》り糸をたらし、どんどん釣《つ》り上げる寸法《すんぽう》なのだ。

「あれっ。水そうが空っぽだ！」

水そうのフタを開けた若《わか》い漁師《りょうし》がさけんだ。

「ジーノさん、イワシを入れた方の水そうを陸に置いてきちゃったんじゃないか？」

ジーノは青ざめた。こんなたいへんなミスで足を引っぱってしまうとは。カツオを集めるエサがなくては仕事にならないではないか。何時間もかけて、ここまでやって来たというのに……。

しかし、船長はまったく動じていなかった。

「おい、お客さんにそんなことを頼《たの》むのが悪いぞ。まぁ、いい。エサがなくても方法はある。人間の知恵《ちえ》の見せどころだぞ！」

船長はそう言ってホースを手に取った。


？

船長はどうやってカツオを集めたのだろうか。

解《かい》説《せつ》

船長は海面にホースで水をまき、水面を波打たせてイワシが逃《に》げ回っているように見せかけたのである。カツオの群れはまんまとだまされて集まってくる。漁師《りょうし》たちはここぞと釣《つ》り糸をたらし、カツオを一本釣《いっぽんづ》りしまくった。これは実際《じっさい》に、生き餌《え》をまくのと並行《へいこう》して使われる方法である。今は散水機を積んでいる漁船も多いが、昔の漁師《りょうし》は長いヘラのようなもので水面をバシャバシャたたいたという。

「一本釣《いっぽんづ》り」は高知《こうち》の名物。熟練《じゅくれん》の漁師《りょうし》はなんと1分間に20～30匹《ぴき》も釣《つ》り上げる。返し（カギ）のない釣《つ》り針《ばり》を使うので、竿《さお》を高く振《ふ》り上げると空中でカツオがはずれ、船に落ちるしかけ。あざやかな達人の技《わざ》だ。

群れを網《あみ》で捕《つか》まえる「巻《ま》き網漁《あみりょう》」もあるが、こちらはカツオがあばれて身が割《わ》れたり傷《きず》がつくデメリットがある。そのため、一本釣《いっぽんづ》りのカツオは刺身《さしみ》に、巻《ま》き網漁《あみりょう》で捕《と》ったカツオは缶詰《かんづめ》やかつおぶしに加工されることが多いそうだ。

19

氷の音

危機《きき》→逆転《ぎゃくてん》？

「オオノ先輩《せんぱい》。この辺、なんか気のきいたものを買えるお店とかないっすよね？」

オレは、あきれかえって後輩《こうはい》のハラダを見つめた。

「あるわけねーだろ！　ここは南極だぞ！」

「……だと思いました。ま、一応《いちおう》聞いただけです。」

は？「なんだその態度《たいど》は？」ととっちめようかと思ったが、ハラダはがらにもなくショボンとしてる。

オレたちは、南極観測隊《かんそくたい》の取材チームのスタッフだ。といっても番組制作《せいさく》をするわけじゃなく、テレビクルーの生活環境《かんきょう》を整えたりサポートするために雇《やと》われている。

この仕事を受けるまでは南極観測隊《かんそくたい》が何をやってるかなんて知らなかった。じつはいろいろあってさ。何千メートルものぶ厚《あつ》い氷を掘《ほ》ったり、鉱物《こうぶつ》や隕石《いんせき》、動植物とか調査《ちょうさ》をしてるんだって。

オレはバーナーでわかした湯でいれたコーヒーをハラダにも注《つ》いでやった。

「困《こま》ってることがあるなら話してみろよ。急ぎで必要なものがあるのか？」

「誕生日《たんじょうび》プレゼント、何も用意してなかったんですよね。ミサワ先輩《せんぱい》の。」

「え？　っておまえ……ミサワちゃんとつきあってたの？」

ハラダは小さくうなずくと、照れくさそうに笑う。

「去年もすっかり誕生日《たんじょうび》を忘《わす》れててケンカになっちゃったんですよ。」

「ミサワちゃんだって、南極に来てまで文句《もんく》言わないんじゃないかなぁ。」

「どうっすかね。それに、ミサワ先輩《せんぱい》と同じテントのみなさんが気をきかせて、今夜2人で会うことになっちゃってんですよ。」

なるほど。そこで何かわたさないとカッコがつかないってわけか。

「しょうがない。いいものをやるよ。観測隊《かんそくたい》の人に分けてもらった氷山の氷だ。貴《き》重品《ちょうひん》だぞ！　これをウイスキーに入れて乾杯《かんぱい》するんだよ。この氷さ、水に入れるとけるときにプチプチ音がするんだってさ。いいムードまちがいなし。」

　ジャーから白っぽい氷のかたまりを取り出したが、ハラダはピンとこない顔だ。

「変わった氷っすね。でも、音がするくらいで喜《よろこ》びますかね？」

「ハラダ。そこは言葉の演出《えんしゅつ》で盛《も》り上げるんだよ。」

「『きみの瞳《ひとみ》に乾杯《かんぱい》』とか言うんすかね？」

「そういう映画《えいが》の借り物の言葉じゃなくてさ。氷のプチプチする音を聞きながら、そのドラマティックな背景《はいけい》をうまく伝えられたら……彼女《かのじょ》もその時間が最高のプレゼントだと思ってくれるんじゃないかな？」

この南極の海に浮《う》かぶ氷はとけるときにプチプチ音がする。なぜだろうか。オオノ先輩《せんぱい》の言う「その時間が最高のプレゼント」とはどういう意味か。
また、自分ならどう言うか考えてみよう！

解《かい》説《せつ》

南極の氷は、陸の上に長い時間をかけて積もったたくさんの雪がかたまり、じょじょに海にすべり落ちたもの。古い雪の上に新しい雪がどんどん積もり、雪はぎゅっと圧縮《あっしゅく》されながらこおっていく。南極大陸の氷は「雪が押《お》し固められたもの」で、空気がふくまれているのだ。この氷を水に入れるとプチプチ音がするのは、とじこめられた空気が放出されるから。炭酸《たんさん》のような泡《あわ》も出る。

さて、話のキモはここからだ。気が遠くなるほど長い年月をかけてできたこの氷にとじこめられているのは何万年、何十万年も昔の空気なのだ。ハラダは恋人《こいびと》のミサワ先輩《せんぱい》とこの氷を入れたウイスキーで乾杯《かんぱい》をした。「どこにも連れていってあげられないから、せめてこの氷で太古の昔に時間旅行をしよう」と言うと、ミサワ先《せん》輩《ぱい》はロマンティックな気分になって感激《かんげき》したそうである。

南極の氷は、大昔の地球環境《かんきょう》の分析資料《ぶんせきしりょう》として役立っている。

20 雪国の夜

理由→なぜ？

トイレに起きて、時計を見たら午前4時すぎだった。ぶあついカーテンを少し開けてみると、まだ雪は降《ふ》りしきっている。外はすっかり真っ白だ。

ここは、なまはげで有名な秋田県《あきたけん》の男鹿市《おがし》。大学時代の友人であるフジオカはこの出身でさ。フジオカがなまはげの役を務《つと》めるって聞いて、「見に行く！　おまえんちに泊《と》めてくれ」って頼《たの》み込《こ》んだんだ。

そう、なまはげってのは——大みそかに鬼《おに》のかっこうで家に入ってきて、包丁ふり回して「泣く子はいねが〜！」って言うやつな。

小さい子にとっちゃそうとうこわいらしくて、フジオカも「最初に見たときは泣いて部屋の奥《おく》にかくれた」って言ってたよ。

フジオカはぐっすり眠《ねむ》っているが、オレはなんだか目がさえてしまった。東京育《とうきょう》ちでこんなに雪を見たことないから興奮《こうふん》してるのかもな。自動販売機《じどうはんばいき》で缶《かん》コーヒーでも買ってこようかなぁ。

と思って、マンションのドアを開けたオレは絶句《ぜっく》した。

もうこんなに積もったのか！　ダメだこりゃ。自動販売機《じどうはんばいき》なんか見つけられっこないし、道に迷《まよ》って遭難《そうなん》しかねない。

オレはお湯をわかしてインスタントコーヒーをいれた。

朝までにどれだけ積もるんだろう？

マンションの階段《かいだん》だけでも雪かきしといてやるかなぁ。なーんて、ホントはちょっと雪にさわってみたくなったんだけど。

スコップが見あたらなかいから、玄関《げんかん》のとこにあったちりとりを持って外に出た。

うお～、こえぇ！　こんな深い雪は初めてだからな。

転ばないように気をつけてそろそろ歩く。うわ、階段《かいだん》はマジで危《あぶ》ない。

腰《こし》を落とし、手すりにつかまりながらちりとりで雪をすくったけど、すぐに腰《こし》が痛《いた》くなった。これじゃ時間がかかってしょうがない。スコップを探《さが》してくるか。

とりあえず部屋にもどり、コーヒーを飲んで温まる。そのとき、ひらめいたんだ。

はっ！　なんでこんなカンタンなこと思いつかなかったんだろう。

雪にお湯をかければ一発じゃん。

オレはやかんをぶら下げて、階段《かいだん》の上からお湯をぶっかけた。これで少しはマシになるだろう。フジオカにも「気がきくな」ってほめられるかな。

だが——それから3時間後。オレは、フジオカにめちゃくちゃ怒《おこ》られたんだ。


主人公はなぜ怒《おこ》られたのだろうか。

解説《かいせつ》

雪にお湯をかけてはいけない。これは雪国の常識《じょうしき》だ。

お湯をかければ、たしかに雪はとける。ただし、それが有効《ゆうこう》なのは雪が少ししかないときや、周りの気温が高いときだ。気温が氷点下の場合、雪はお湯でとけても、またすぐにこおってしまう。もとの雪はフカフカ、あるいはザクザクしているからまだマシ。とけた雪が再凍結《さいとうけつ》するとツルツルの氷になり、危険度《きけんど》が増《ま》す。しかもカチカチに固まるので、スコップで掘《ほ》るのもひと苦労になってしまうのだ。

日本は、世界でも有数の雪国。国土交通省は、日本海側を中心とする24道府県の532市町村を「豪雪地帯《ごうせつちたい》」に指定しているが、これは日本全体の面積の51%《パーセント》にあたる。日本では季節風（季節によって決まった方向に吹《ふ》く風）の影響《えいきょう》により、夏は太平洋側、冬は日本海側の降水量《こうすいりょう》が多くなる。したがって降雪量《こうせつりょう》も多いのだ。ロシアなどは冬の気温は低くても雨が少ないので、雪はそれほど多くない。

21

消えた温泉《おんせん》

理由→なぜ？

インターネットのない時代。九州地方のとある島にて。

「レイコばあちゃん！」

ベンチに腰《こし》かけ、緑の葉かげで本を読んでいたレイコは声をかけられてふり返った。金髪《きんぱつ》を短くかりこんだ背《せ》の高い青年には見覚えがある気がしたが——。

「オレ、リュウジだよ。小さいころ、よく遊んでもらった……。」

「リュウジかい。すっかり大人になっててわからなかったよ。」

「15年ぶりだからね。なつかしいよ。この風景、変わってないなぁ。」

リュウジは、レイコに笑顔《えがお》を見せた。リュウジが両親とともにここに住んでいたのはほんの1年ほどだが、当時5歳《さい》のリュウジはずいぶんレイコになついていた。

「あのさぁ、レイコばあちゃん。この辺に温泉《おんせん》あったよね。」

前置きもなくリュウジがこう切り出したので、レイコは何かうさんくさいものを感じた。そこで——とぼけて「温泉《おんせん》?」と聞き返したのである。

「オレ、今リゾート開発の仕事についててさ。思い出したんだよ。『ちっちゃいころ、浜辺《はまべ》で海を見ながら温泉《おんせん》に入ってた』って社長に言ったら大ウケでさ。ガイドブックにものってないし、秘密《ひみつ》のかくれ家温泉《おんせん》みたいな感じで売り出したら金持ちのお客が押《お》しかけるんじゃない? この辺の土地を買い上げてリゾートホテルなんか建ててさ。」

レイコは表情《ひょうじょう》を変えずに、リュウジがまくし立てるのを聞いていた。

「リュウジ、よそとかんちがいしてないか? ここには温泉《おんせん》なんてないよ。」

リュウジはまゆをひそめた。

「そんなわけないよ。たしか岩場があって、そのくぼみが浴《よく》そうみたいになっててさ。うめちゃったの?」

リュウジはもどかしそうに靴《くつ》をぬぎ捨《す》て、はだしになって海辺を歩き回る。しかし、どうしても温泉《おんせん》が見つからないので、首をひねりながら帰っていったのである。

(もう、あの子が来ることもないだろうね。)

レイコは、不満げな顔で去っていくリュウジの背中《せなか》を見送り、ため息をつく。

(それにしても、いいときに来てくれたもんだ。あんな子に温泉《おんせん》を見つけられたらめんどうなことになっただろうよ。)

じつは、この場所に温泉《おんせん》はあったのだ。リュウジはなぜ見つけられなかったのだろうか。

解説《かいせつ》

この温泉《おんせん》は、潮《しお》が満ちているとき（満潮《まんちょう》）は海にしずんでいて、潮《しお》が引いているとき（干潮《かんちょう》）だけ姿《すがた》を現《あらわ》す温泉《おんせん》だったのだ。この話の温泉《おんせん》は、入浴できるのは1時間程度《ていど》。リュウジが来たときは満潮《まんちょう》だったから、温泉《おんせん》が見つからなかったのである。海に行ったことのある人は、潮《しお》の満ち引きを目《ま》のあたりにしたことがあるのではないか。海は1日に2回ずつ、満潮《まんちょう》と干潮《かんちょう》を迎《むか》える。月と太陽の引力によって生じる現象《げんしょう》だ。

実際《じっさい》に、このような「海中温泉《おんせん》」は日本の各所にある。レイコは、近所の人たちがひそかに楽しんでいる温泉《おんせん》と地元の生活を荒《あ》らされたくなかったのだ。

22 神様の島

危機《きき》→逆転《ぎゃくてん》？

ときは平安《へいあん》時代末期。安芸国《あきのくに》（現在《げんざい》の広島県《ひろしまけん》）。

貴族《きぞく》社会のなか、しだいに武士《ぶし》の力が増《ま》していった時代。武士《ぶし》の2大勢力《せいりょく》は、源《げん》氏《じ》と平氏《へいし》であった。源氏《げんじ》は関東に、平氏《へいし》は関西へ勢力《せいりょく》を広げていく。

平氏《へいし》の総帥《そうすい》、平清盛《たいらのきよもり》が安芸守《あきのかみ》（安芸国《あきのくに》の長官）に任《にん》じられたのは彼《かれ》が29歳《さい》のとき。

この地域《ちいき》を支配《しはい》するメリットの一つは、瀬戸内海《せとないかい》の航路《こうろ》をひとりじめにできることだった。この時代は、船を使った遠くの地域《ちいき》との取引、宋《そう》（現在《げんざい》の中国）との貿易《ぼうえき》も盛《さか》んになっていた。

そんなある日。清盛《きよもり》は突然《とつぜん》「厳島神社《いつくしまじんじゃ》を改修《かいしゅう》する」と言い出したのである。

厳島神社《いつくしまじんじゃ》の神主である佐伯《さえき》氏は、不思議に思った。厳島神社《いつくしまじんじゃ》は、瀬戸内海《せとないかい》に浮《う》かぶ小さな島にある。何百年も昔に佐伯《さえき》氏のご先祖《せんぞ》が建てた神社で、以来、子孫《しそん》が神主を務《つと》めてきた。なぜ、今をときめく権力者《けんりょくしゃ》がこの神社に興味《きょうみ》を持ったのだろう？

「じつは、夢《ゆめ》のお告《つ》げなんだ。夢《ゆめ》に坊《ぼう》さんが現《あらわ》れてな、わたしに言ったのだ。『厳《いつく》島神社《しまじんじゃ》を改修《かいしゅう》すれば、そなたはさらに高くのぼりつめるだろう』と。」

清盛《きよもり》は、この神社を大幅《おおはば》にリニューアルする計画をいろいろ考えているようだ。その費用《ひよう》はすべて清盛《きよもり》が持つというから、佐伯《さえき》氏が反対する理由は一つもない。

「まずは鳥居《とりい》だな。とびきり大きい鳥居《とりい》を建てる。」

鳥居《とりい》は神社の入り口に建てるもの。だが、ただの門ではない。「この鳥居《とりい》から先は神様のいらっしゃる神聖《しんせい》な場所」と示《しめ》す境界線《きょうかいせん》の意味がある。

「とはいえ、問題は鳥居《とりい》をどこに建てるかだ。」

清盛《きよもり》は重々《おもおも》しく言った。

「と、おっしゃいますのは？」

「この島は古くから島全体が『神様』と言い伝えられているそうではないか。だから、地面をけずったりすることは許《ゆる》されない。」

佐伯氏《さえき》は口をあんぐり開けた。

（清盛《きよもり》さまがここまで深い信仰心《しんこうしん》を持っているとは思わなかったな。しかし、そんなことを言ってたら何も建てられないじゃないか。）

佐伯氏《さえき》が半分感心し、半分あきれていると――清盛《きよもり》は口のはしに笑《え》みを浮《う》かべた。

「いや……島の土をけずらずに鳥居《とりい》を建てる方法はあるぞ。」

島の土をけずらずに鳥居《とりい》を建てるにはどうしたらいいのだろうか。

解説《かいせつ》

地上ではなく、海上に建てればいい。これは史実《しじつ》をもとにした話。厳島神社《いつくしまじんじゃ》では、海底にたくさんのくいを打ちこんで地盤《じばん》をかためた上に、鳥居《とりい》を（固定せずに）置いている。鳥居《とりい》に大量の小石を詰《つ》めてずっしり重くしているので、浮《う》かびも倒《たお》れもしないそうだ。朱色《しゅいろ》の大鳥居《おおとりい》が海上にそびえる光景はなんとも幻想的《げんそうてき》。正確《せいかく》にいうと境内《けいだい》は遠浅の浜《はま》で、干潮《かんちょう》のときには鳥居《とりい》まで歩くことができる。厳島神社《いつくしまじんじゃ》は世界《せかい》文化遺産《ぶんかいさん》に登録されている。

厳島神社《いつくしまじんじゃ》がある宮島《みやじま》は、地図上では「厳島《いつくしま》」。しかし、「宮島《みやじま》（＝お宮がある島）」という呼《よ》び名も広く一般的《いっぱんてき》に使われる。宮島《みやじま》は「日本三景」の一つ。あとの二つは松島《まつしま》（宮城県《みやぎけん》）、天橋立《あまのはしだて》（京都府）だ。

清盛《きよもり》の信仰心《しんこうしん》は、海上交通の安全のためともいわれる。宋《そう》（現在《げんざい》の中国）との貿易《ぼうえき》に力を入れ、大輪田泊《おおわだのとまり》（神戸港《こうべ》）を整備《せいび》し、瀬戸内海《せとないかい》の水運を活性化《かっせいか》した。大改修《だいかいしゅう》ののち、清盛《きよもり》が源氏《げんじ》をおさえて政界《せいかい》の中心にのぼりつめたのは本当の話である。

23

一度は行きたいこんぴら参り

理由→なぜ？

ときは江戸《えど》時代。

「よりによってこんな日に具合が悪くなるなんてねぇ。」

おヨシばあさんはふとんの中で、すまなそうに娘《むすめ》のソメに言った。

「いいんだよ。あたしが出かけてから悪くならなくてよかったよ。」

ソメは年老いた母に笑いかけた。

今日はソメが「こんぴら参り」に出発する日だった。こんぴら参りとは、金刀比《ことひ》羅宮《らぐう》（現在《げんざい》の香川県《かがわけん》）へのお参りのことだ。

この時代、一般庶民《いっぱんしょみん》は遠くに旅行することを許《ゆる》されていない。だが、寺社にお参りする分にはかんたんに許可《きょか》がおりた。そこで、一大お参りブームが巻《ま》き起こる。

特に人気があるのが金刀比羅宮《ことひらぐう》と伊勢神宮《いせじんぐう》（現在《げんざい》の三重県《みえけん》）だ。

江戸《えど》時代になると、徳川家康《とくがわいえやす》によって天下統一《とういつ》がなされた。地方から江戸《えど》に大名たちが出頭する「参勤交代《さんきんこうたい》」のために、東海道をはじめとする五街道が整備《せいび》された。だから、何十日もかかる徒歩旅行も、だれもが楽しめる娯楽《ごらく》となったわけだ。街道ぞいには宿屋や名産品を売る店も登場し、にぎわっていた。

「ソメや。行けなくなったことを伝えた方がいいんじゃないのかい？」

おヨシばあさんは弱々《よわよわ》しい声で言った。

「待ち合わせの時間をすぎてもあたしが行かなきゃ、みんな出発するでしょうよ。」

すると、ソメの息子のタロウがすっくと立ったのである。

「ぼくが伝えに行こうか？　それか、ぼくが代わりにこんぴら参りに行ってやろうか？　『ばあちゃんの病気が治りますように』ってお願いしてくるよ。」

ソメは、タロウをじっと見つめた。

「タロウ、その気持ちはうれしいけどたった6歳《さい》のあんたには長旅は無理だ。みんなに迷惑《めいわく》をかけちまう。」

そのとき、木戸のすきまから白犬が顔を出した。近所の人たちが「シロ」と呼《よ》んでいるその犬は、今日もごはんをねだりに来たようだ。

ソメは、かけた茶わんにごはんの残りを入れてやりながら言った。

「そうだ、シロ、あたしの代わりにこんぴらさんに行ってくれるかい?」

タロウは不満そうにほおをふくらませた。

「ぼくがダメなのに、シロなんかが行けるわけないじゃん!」

しかし――ソメは本当に、待ち合わせの場所にシロを連れて行ったのである。

?

なぜ、ソメは犬をこんぴら参りに送り出したのだろうか。

解説《かいせつ》

こんぴら参りは庶民《しょみん》のあこがれだが、体が弱くて徒歩旅行がむずかしい人や都合がつかない人もいる。それで、代わりに参拝《さんぱい》する「代参《だいさん》」という役割《やくわり》が生まれた。この「代参《だいさん》」を犬が務《つと》めることもあったのである。飼《か》い主の住所や名前、参宮の意図などを記した木札、道中のエサ代や船賃《ふなちん》、おさい銭《せん》などを「こんぴら参り」と書いた袋《ふくろ》に入れ、犬の首にかける。犬は行きあった旅人たちに世話をされながら目的地に着き、帰ってくるというわけ。このような犬は「こんぴら狗《いぬ》」と呼《よ》ばれた。

後日、帰ってきたシロの袋《ふくろ》の中には病気回復《かいふく》のお札があった。ソメは、道中シロを世話してくれた見知らぬ人たちに深く感謝《かんしゃ》したのだ。

金刀比羅宮《ことひらぐう》は航海《こうかい》の安全や大漁祈願《きがん》、豊作《ほうさく》、商売繁盛《はんじょう》、芸能《げいのう》、病気の回復《かいふく》など多《た》彩《さい》なご利益《りやく》で知られ、人気を集めた。門前町には、江戸《えど》末期には700以上もの宿やみやげ店が軒《のき》を連ねた。芝居《しばい》見物、富くじ（宝《たから》くじ）なども参拝客《さんぱいきゃく》の楽しみだったという。

24

新《にい》潟《がた》県《けん》は混《こん》乱《らん》する 理由↓なぜ？

「ではテスト用紙を表にしてください。時間は30分です。はじめ！」
塾《じゅく》の先生の言葉に、みんながサッと用紙をひっくり返す音がする。
今日の社会のテストは日本地理の問題だ。あたし、地理は得意《とくい》なんだよね。
だって、考えなくてもひたすら覚えればいいだけじゃん？
「問題1　新潟県《にいがたけん》は大きく4つの地方に分けられる。
ＡＢＣＤ《エービーシーディー》の4つの地方の名前を書きなさい。」

新潟県《にいがたけん》ね、楽勝。D《ディー》の島が「佐渡《さど》」でしょ。

ABC《エービーシー》は、上から順番に「下越《かえつ》・中《ちゅう》越《えつ》・上越《じょうえつ》」だよね。

と、記入欄《きにゅうらん》に書いちゃってから、あたしは手を止めた。待って待って。

「下越《かえつ》」が上って変じゃない?

うーん。でも、この順番で覚えたんだもん。合ってる……よね?

ヤバい、わかんなくなってきた。

だって、ふつう北が上で、南が下でしょ。「北上する」とか「南下する」っていうしさ。

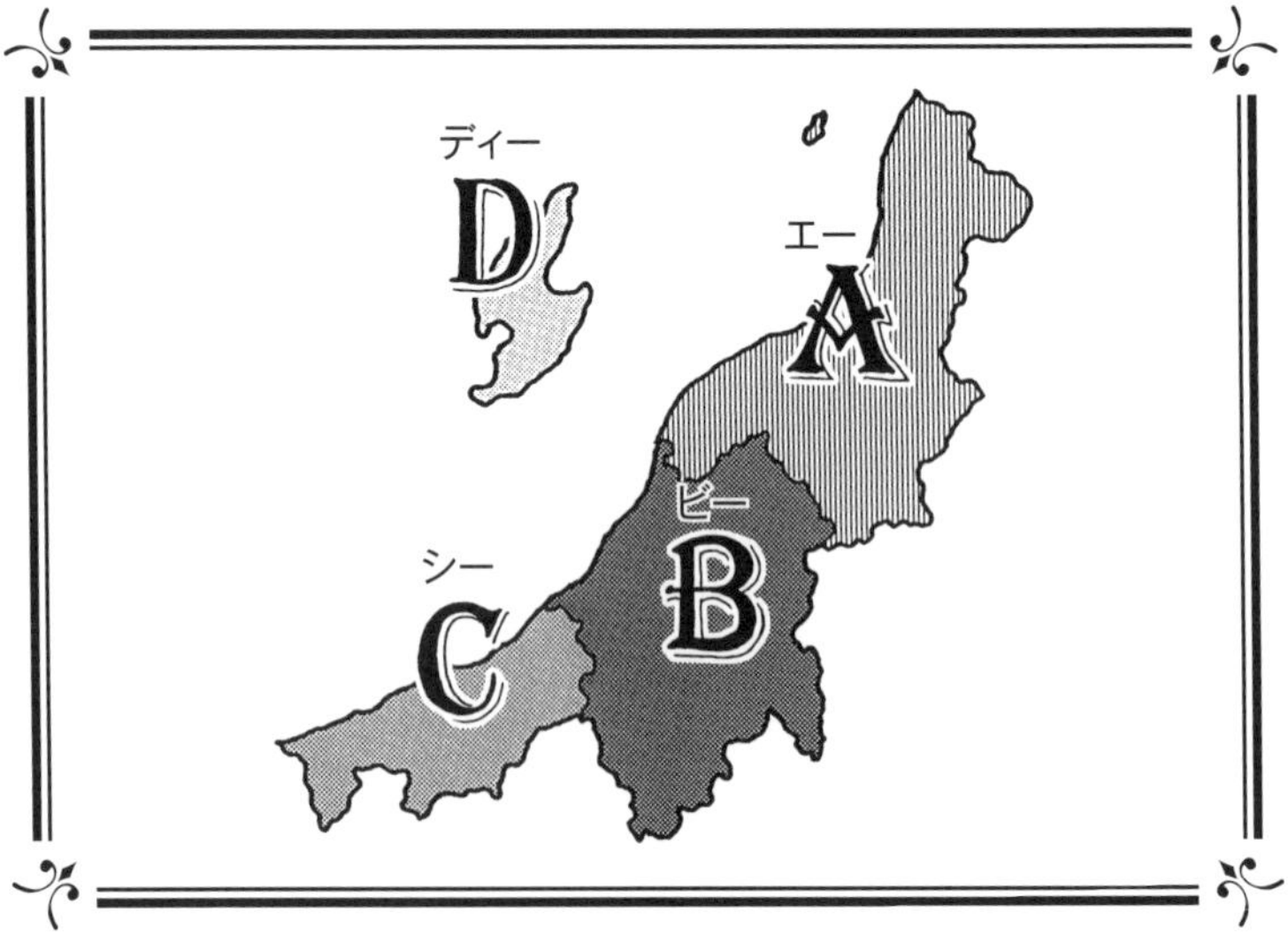

そういえば、親せきが住んでる千葉県《ちばけん》に「上総《かずさ》」「下総《しもうさ》」って地域《ちいき》がある。「上総《かずさ》」が南で、「下総《しもうさ》」が北じゃなかったかな？　覚えちがい？　でも……やっぱ地図の北が「上」でないとおかしいよね？

まよったあげく、「A《エー》（上越《じょうえつ》）B《ビー》（中越《ちゅうえつ》）C《シー》（下越《かえつ》）」って書いて提出《ていしゅつ》したんだけど。

正解《せいかい》は上から順番に「下越《かえつ》・中越《ちゅうえつ》・上越《じょうえつ》」だったんだ。

なんでこんなおかしなことになってるんだろう？

上が「下越《かえつ》」で、下が「上越《じょうえつ》」であるのにはちゃんとした理由がある。なぜだろうか。

解説《かいせつ》

上が「下越《かえつ》」で、下が「上越《じょうえつ》」になったのは、昔は日本の都が京都《きょうと》だったためだ。かつて、新潟県《にいがたけん》は「越後国《えちごのくに》」と呼《よ》ばれた。これをABC《エービーシー》のエリアに分け、京都《きょうと》に近い方から「上越《じょうえつ》・中越《ちゅうえつ》・下越《かえつ》」としたわけ。

千葉県《ちばけん》の「上総《かずさ》」「下総《しもうさ》」も同じ理由で、地図の下（南）が「上総《かずさ》」で、上（北）が「下総《しもうさ》」。千葉《ちば》から京都《きょうと》への交通手段《しゅだん》が陸路なら逆《ぎゃく》だったかもしれないが、おそらく海を使ったから南の「上総《かずさ》」の方が京都《きょうと》に近かったのだろう。

「上京する」という言葉は「地方から都に行く」という意味で、現代《げんだい》なら「東京《とうきょう》に行く」という意味になる。福岡県《ふくおかけん》から東京《とうきょう》に行くのも、北海道《ほっかいどう》から東京《とうきょう》に行くのも「上京」だ。東京《とうきょう》に向かう電車を上り列車、東京《とうきょう》から地方に向かう電車を下り列車という。

主人公はこの日を機に、ただ機械的に覚えるのではなく、理解《りかい》して覚えることの大切さを知ったのである。

25

あこがれのブラジル

失敗↓理由？

「お母さん、大ニュース！」

サッカーの練習から帰ってきたコウヤは、ドアを開けるなり大声でどなった。

「コウヤ、おかえり。いったいどうしたの？」

台所からあわてて出てきたお母さんはダイコンを手に持ったままだ。

「お母さん、ハヤトくんって覚えてるよね？」

「ハヤトくん？　えーと、だれだっけ？」

コウヤはスニーカーをぬぎながらじれったそうに言う。

「モリムラハヤトくんだよ。ぼくより3つ上で、今、中学1年。小学生のとき、4

年生からずっとレギュラーだったっていうハヤトくんだよ。」

「ああ、そのハヤトくんね。」

「ハヤトくん、ブラジルにサッカー留学《りゅうがく》するんだって。今日、監督《かんとく》が教えてくれてさ。明日、ハヤトくんを送る会があるから希望者は参加していいって！」

（なるほど、そういうわけだったのね。）

お母さんはクスリと笑った。

コウヤは小学2年のときから地域《ちいき》のサッカークラブに入っている。楽しくやっているようだが、そこまで熱中してはいなかった。しかし、1週間ほど前に友だちの家でサッカーの試合のビデオを見てから、なんとかというブラジルの選手に夢中《むちゅう》になった。急に目覚めたらしい。そして、やたらと「ブラジルでサッカーをやりたい」と口にするようになったのである。

「コウヤ、ハヤトくんとそんなに仲よかったの？」

お母さんがたずねると、コウヤはちょっと目をそらした。

「うーんと……そうでもないけど。でもさ、ハヤトくんがこの間、練習場に来て監《かん》督《とく》と話してたときさ。ぼくがシュートの練習やってたら、そばに来てコツを教えてくれたんだ。それで、『センスあるよ。がんばって』って言ったんだ。」

コウヤは目をキラキラ輝《かがや》かせている。

「へぇ、ハヤトくんていい子なのね。あ、コウヤ、焼きいもあるけど食べる?」

サッカーのあとはいつもすぐにおやつを食べたがるコウヤが、このときはやけに真剣《しんけん》な顔で首を横にふったのである。

「いい。ぼく、ハヤトくんにわたす手紙を書くんだ。ぼくにとっても大チャンスだからね。将来《しょうらい》、ハヤトくんが有名になったらぼくをブラジルに呼《よ》んでくれるかもしれないだろ。便せんちょうだい!」

1時間ほどして部屋から出てきたコウヤは、はずかしそうにお母さんに手紙を差し出す。

「これ、おかしいところがないか読んでくれないかな?」

真剣《しんけん》なコウヤのまなざしに驚《おどろ》きながら、お母さんは便せんに目を落とした。

「ハヤト先ぱい！　まだ中学1年なのにブラジルりゅう学なんてすごいですね！　かっこいいです！　ぼくもサッカーをやるならぜったいブラジルです。アルゼンチンという人もいるけど、ぼくはブラジルが最高です。ロナウジーニョとかネイマールみたいになりたいからハヤト先ぱいがうらやましいです。

ブラジルを学校の地球ぎで調べたら、日本の反対側にあるんですね。ブラジルは南アメリカ大陸ですね。そんな遠くに行ってサッカーをやるハヤト先ぱいはすごいです！　ぼくもぜったいブラジルに行きたいです。今はへただけど、練習をもっとがんばります！　この前、ハヤト先ぱいが「センスあるよ」と言ってくれてうれしかったです。だからぜったいに、ブラジルに行けるように信じてがんばります！　ぼくは本気です。今から英語の勉強も始めることにしました。だから、いつブラジルに呼《よ》ばれてもだいじょうぶです。よろしくおねがいします！　沢田巧也《さわだこうや》より」

読み終わったお母さんは苦笑した。

「これじゃハヤトくんをはげますっていうより、ブラジルに留学《りゅうがく》する人に自分を売りこもうっていう下心が見え見えすぎるんじゃない？」

コウヤは頭をかいた。

「そうかなぁ。ぼくの本気は伝わると思わない？」

すると、お母さんは言ったのである。

「そもそも、この手紙には重大なまちがいがあるよ。本気でブラジルに行こうと思ってる人だったら、絶対《ぜったい》にしないようなまちがいがね。」

この手紙の中の「重大なまちがい」とはなんだろうか。

解説《かいせつ》

ブラジルは南アメリカ大陸にあるが、公用語（その国で公《おおやけ》の場での使用が認《みと》められた言語）は英語ではない。「じゃあ、ブラジル語？」と思った人もいるかもしれない。しかし、「ブラジル語」という言語はない。ブラジルの公用語はポルトガル語なのである。なぜヨーロッパのポルトガルの言葉が、南米のブラジルの公用語なのかというと、昔、ブラジルはポルトガルに支配《しはい》された植民地だったからだ。

じつは、南アメリカでもっとも多くの国が公用語としているのはスペイン語。アルゼンチン、ペルー、コロンビアなどの国々《くにぐに》がそうだ。15世紀《せいき》ごろ、ヨーロッパ人が世界を探検《たんけん》して回った大航海《だいこうかい》時代に、スペイン人とポルトガル人が次々《つぎつぎ》に南アメリカ大陸に上陸し、統治《とうち》したため、言語がこの地に根づいたのだ。

お母さんにまちがいを指摘《してき》されたコウヤは大あわて。手紙を書き直し、その日からしっかりポルトガル語の勉強を始めたのである。

26

頂《ちょう》上《じょう》決戦

理由→なぜ？

オレが会社帰りにふらりと入った店は「スポーツバー」らしかった。店内にはいろんな国のサッカーのユニフォームがかざられている。大型《おおがた》のスクリーンには、海外のサッカーの試合が映《うつ》し出されていた。

サッカーはくわしくないし、場ちがいかな。いや、めちゃめちゃ盛《も》り上がってたらいづらいけど、ほかにお客さんもいないし。ふつうに1杯《ぱい》飲んで帰ればいいか。

しかし、「何にします？」とオレの前にメニューを置いた店主は、すごくうれしそうな顔だ。話し相手が来るのを待ってたんだろうな。サッカー好きじゃなくて申し訳《わけ》ない……。

今、中継《ちゅうけい》されているのはアルゼンチン代表VS《バーサス》ボリビア代表。サッカーの世界的な大会の南米予選だという。試合が始まって20分くらいたっているが、まだ0対0だ。

店主はカウンターにビールを置くとスクリーンに見入り、「よし!」とか「今のはドリブルじゃなくてパスだろ!」とかつぶやき始めた。アルゼンチン代表を応援《おうえん》しているっぽい。

アルゼンチンが優勢《ゆうせい》に見えるが、なかなか点が入らない。アルゼンチンといえば押《お》しも押《お》されもせぬ世界の強豪《きょうごう》チームのはず。それくらいはオレだって知ってる。そこで「ボリビアってそんなに強いんですか?」とたずねてみた。

「そうでもないよ。ただ、この試合、ボリビアのホーム・スタジアムだから、アルゼンチンは不利なんだよ。」

ふーん、そういう影響《えいきょう》って大きいものなのか。サッカーは、サポーター(応援《おうえん》する人)の力が大きいスポーツといわれるしな。フィールドで戦う選手は11人だが、サポーターは「12番目の選手」と呼《よ》ばれるほどだ。

「でも、アルゼンチンからも大応援団《だいおうえんだん》が来てますよね？　アルゼンチンとボリビアってたしかとなりだし。」

オレが言うと、店主は腕組《うでぐ》みをして大きく首を横に振《ふ》った。

「そういうことじゃないんだ。なにしろ、ボリビアのホーム・スタジアムはこれまでとちがう新しいとこになってさ。今までのスタジアムよりさらに５００メートルも高い場所にあるんだよ⁉」

ボリビアの新しいホーム・スタジアムは、これまでのスタジアムより５００メートル高い土地にあるという。店主はなぜアルゼンチン代表チームが不利だと言っているのだろうか。

解《かい》説《せつ》

２０１７年にできたボリビアのエル・アルトにあるスタジアムは標高４１５０メートル。かつて国際《こくさい》試合によく使われた首都ラパスのスタジアム（標高３６４０メートル）より約５００メートルも高い。これほどの高地は、とても空気がうすい。登山でも、もっと低い場所から少しずつ体を慣《な》らさないと高山病になってしまう。高地に慣《な》れていない人が激《はげ》しい運動をするのは危険《きけん》。すぐれたアスリートでも関係なく、体に大きな負担《ふたん》がかかる。この土地になれたホームの選手の方が有利だろう。

かつてＦＩＦＡ《フィファ》（国際《こくさい》サッカー連盟《れんめい》）は、標高２５００メートル以上での国際《こくさい》試合を禁止《きんし》したことがあるが、ボリビアの抗議《こうぎ》を受けて「３０００メートルまではよい」とした。さらにそれ以上の高地であっても「南米各国が合意すれば試合を開催《かいさい》できる」とし、南米サッカー連盟《れんめい》がこれを認《みと》めたのでルール上は問題ない。しかし、試合への影響《えいきょう》を問う声は少なくないようだ。

27

日付が変わったら

理由→なぜ？

南太平洋の島国、サモア独立国《どくりつこく》にて。

ときは2011年。12月29日。時計はもうすぐ夜の12時をさす。

「5、4、3、2、1、0！　おめでとう！」

ドリーは会社の仲間たちと乾杯《かんぱい》をする。特別な日を祝うため、この時間までオフィスでパーティーをしていたのだ。

「変な感じね。本当なら12月30日になったはずなのに、今は12月31日なんて。」

「2011年は1日少なかったことになるんだね。」

サモアはこのたび「国内の標準時《ひょうじゅんじ》を変更《へんこう》する」と発表していた。サモアは日付変《へん》更線《こうせん》の東側の国だった。これを変えて「日付変更線《へんこうせん》の西側になる！」と宣言《せんげん》したわけだ。

日付変更線《へんこうせん》は太平洋の真ん中あたりを通っている。だが、そもそも線が書いてあるわけではない。陸地の上を通らないよう、「線」は少々《しょうしょう》ジグザグになっている。暮《く》らしにくいという理由から日付変更線《へんこうせん》を変えた国はほかにもあった。サモアから近いキリバスは30以上の島からなる。かつては島々《しまじま》が日付変更線《へんこうせん》をまたいでいて、同じ国なのに日付がちがうというめんどうなことになっていた。キリバスがすべての島を「西側」にしたのは１９９５年のことだ。

サモアが「西側」を選択《せんたく》したのには大きな意味がある。つきあいの多いオーストラリアやニュージーランドが「西側」だからだ。

ドリーは貿易《ぼうえき》会社の社長である。オーストラリアやニュージーランドとは盛《さか》んに取引をしている。

「業績《ぎょうせき》が悪くて会社をたたもうかと思ったこともあったけど。こんな幸運があるなんてね！　これからは、よりオーストラリア、ニュージーランドとの取引を増《ふ》やしていくわよ。」

ドリーが言うと、副社長のロレインがにっこり笑った。

「売上アップまちがいなし！　25%《パーセント》アップはまちがいないわ。」

?

オーストラリアやニュージーランドと「同じ日付」になることで、サモアの貿易《ぼうえき》会社にどんなメリットがあるのだろうか。ロレインが「25%《パーセント》アップ」と言った意味も考えてみよう。

解説《かいせつ》

日付が1日ずれているということは、曜日もちがうということ。これは仕事のやり取りでは大きなマイナスになる。サモアが日曜なら、オーストラリアやニュージーランドは月曜日。日付が同じ国どうしなら月曜から金曜まで「週に5日」やり取りができるのに、1日ずれていると「週に4日」しかできないからだ。

サモア独立国《どくりつこく》は、「サモア諸島《しょとう》」のうちの9つの島からなる。かつては他国の領《りょう》土《ど》で「西サモア」という名だったが1962年に独立《どくりつ》し、1997年に国名を「サモア独立国《どくりつこく》」とした。「サモア」と呼《よ》ばれることも多い。

だが、2025年現在《げんざい》、世界には二つの「サモア」がある。サモア諸島《しょとう》のうち7つの島からなる地域《ちいき》(旧名《きゅうめい》・東サモア)はアメリカの自治領《じちりょう》で、地域《ちいき》名は「アメリカ領《りょう》サモア」である。

28

すれちがい

理由→なぜ？

ヨーロッパのとある町にて。

「すごい！　だれか知らない人がぼくのホームページを見てくれてる！」

エルンストは自分で作ったホームページにメッセージが投稿《とうこう》されているのに気づいて歓声《かんせい》を上げた。

エルンストは11歳《さい》。風景写真を撮《と》るのが趣味《しゅみ》で、目下の夢《ゆめ》はプロのカメラマンだ。友だちはみんな写真といえばスマートフォンだが、エルンストはプロが使うようなデジタルの一眼《いちがん》レフカメラで撮《と》っているのが自慢《じまん》である。

作品をアップするホームページを立ち上げたときには「だれだ、この天才少年は⁉」なんてさわがれたらどうしようなどと想像《そうぞう》していたのだが、そうはなっていない。それどころか友だちに宣伝《せんでん》してもあまり見てもらえず、これまでに感想を寄《よ》せてくれたのは学校の先生や親せきくらいだ。

届《とど》いたメッセージは英語で「こんにちは！　ぼくも11歳《さい》です。写真を撮《と》るのが好きです。あなたの写真はきれいですね。すごい！」と書かれている。ごく短い文章を、エルンストは何度も読んだ。

（この子、どこの国の人なんだろう？　英語が読めてよかったなぁ。）

この国では母国語のほかに、小さいころから英語を習う。ヨーロッパの国々《くにぐに》の中ではもっとも英語が通じる国なのである。

メッセージの名前の欄《らん》には「KAZUYA《カズヤ》　SAWANO《サワノ》」とあった。

（変わった名前だな、ハンドルネームかな？）

エルンストはメッセージをまた読み返した。文章のつたない感じからして、英語圏《けん》の子ではないのかもしれない。これが本名ならヨーロッパやアメリカの人ではなさそうだ。

（アジアとかアフリカの人かもな。外国の人にメッセージを書くなら、英語が通じやすいと思ったのかも。）

エルンストはそう推理《すいり》して、なるべくかんたんな英語で返事を書くことにした。

「ＫＡＺＵＹＡ《カズヤ》　ＳＡＷＡＮＯ《サワノ》さん。メッセージをありがとう。とてもうれしいです。あなたはどこの国に住んでいますか？　友だちになりましょう！」

さて、日本のとある町にて。

きのうメッセージを投稿《とうこう》したホームページを開いたカズヤは、ホームページの主が返事をくれていたのに驚《おどろ》いた。

自分の英語が通じたのもうれしかった。

「Ｅｒｎｓｔ《エルンスト》さん。お返事ありがとう。あなたはどこに住んでいますか？　ぼくは日本に住んでいます。世界地図の真ん中辺です。」

（ふーん。日本か。）

返信を見たエルンストはお父さんの部屋に走り、壁《かべ》にはってある世界地図をながめた。日本という国はなんとなく知っていたが、場所はわからなかったのだ。

エルンストは世界地図の真ん中へんを指でたどりながら「Ｊａｐａｎ《ジャパン》（日本）」という文字を探《さが》したが、見つからない。

（まぁ、いいや。またあとで探《さが》そう。）

エルンストはひとまず返事を返すことにした。

「日本のアニメを見たことがあります。ぼくはＮｅｔｈｅｒｌａｎｄｓ《ネザーランズ》に住んでいます。」

こう書いて送信ボタンを押《お》してから、エルンストは両親から「勝手にメッセージのやり取りをしてはいけない」と言われていたことを思い出した。相手は同い年だし、ついうれしくてメッセージを投稿《とうこう》してしまったが……。

両親にはこう言い聞かされていた。

「インターネットでは相手がだれだかわからない。大人が子どものふりをしてだます可能性《かのうせい》があることを覚えておきなさい。」

一方、このメッセージを読んだカズヤもとまどっていた。

（Ｎｅｔｈｅｒｌａｎｄｓ《ネザーランズ》なんて国あったっけ。こいつ、あやしいな。）

エルンストは虫めがねを持ってきて世界地図の真ん中辺を探《さが》したが、やっぱり「Ｊａｐａｎ《ジャパン》」は見つからなかった。

遠くはなれた国で、２人の少年は首をひねっていた。


?

「Ｎｅｔｈｅｒｌａｎｄｓ《ネザーランズ》」とはどの国のことか。エルンストは、なぜ世界地図で日本を見つけられなかったのか。

解《かい》説《せつ》

「Netherlands《ネザーランズ》」はオランダのこと。じつは「オランダ」は日本独自《どくじ》の呼《よ》び方だ。もとになった「Holland《ホランド》」とはオランダの一地域《ちいき》の名で、かつて通称《つうしょう》として使われた。戦国時代に来日したポルトガル人の宣教師《せんきょうし》がこれを伝えたため、日本では「オランダ」が定着した。近年、オランダ政府《せいふ》はこの通称《つうしょう》を使わないと決めたので、今後「Holland《ホランド》」は世界でも使われなくなりそうだ。

さて、エルンストが世界地図で日本を見つけられなかったのは、その世界地図では日本は「真ん中辺り」ではなく「東のはじっこ」にあったからだ。日本で流通している世界地図では、日本が真ん中にある。どこの国でも地図を作るときに「自分の国を世界の真ん中にする」のは当然なのだが、世界的にスタンダードな地図ではアメリカ東部のニューヨーク、イギリスのロンドンが真ん中になっている。なやんだあげく、エルンストとカズヤはそれぞれの親に相談した。誤解《ごかい》は解《と》け、2人は末長く交流し、やがて対面をはたしたのである。

29

地図から消えた島

理由↓なぜ？

ときは1943（昭和《しょうわ》18）年、広島県《ひろしまけん》。

「これはあなたの息子さんから預《あず》かった手紙です。」

いきなりたずねてきた見知らぬ男に白いふうとうをわたされて、トキコはとまどった。

長男のショウイチは、1週間前にこの家を出ていた。

戦争が激化《げきか》し、学生も勉強だけしていられる身分ではなくなっていた。大人の男たちは続々《ぞくぞく》と戦地に向かい、労働力の不足は深刻《しんこく》だ。そこで中学生以上の学生も食料や軍需品《ぐんじゅひん》の生産、土木工事などにかりだされていた。

ショウイチは勉強が好きで成績《せいせき》も優秀《ゆうしゅう》だ。最近は学校に行ってもほとんど授業《じゅぎょう》が受けられないのを悲しんでいた。

そんなショウイチが、ある日目を輝《かがや》かせて言ったのだ。

「ぼく、瀬戸内海《せとないかい》の島に行って働く。そこに住みこめば工場で働きながら最先端《さいせんたん》の科学の勉強ができるんだって。しかもいいお給料がもらえるんだって。」

トキコは息子とはなれて暮《く》らすのは不安だったが、ショウイチはすっかり乗り気になっていた。お父さんは「離島《りとう》なら、むしろ爆撃《ばくげき》を受けたりすることもなく安全かもな。疎開《そかい》させたと思えばいいだろう」と賛成《さんせい》した。

しかし、どこの島に行くかも教えてもらえないなんておかしいではないか。

ショウイチは「どこの工場に派遣《はけん》されるかはギリギリまでわからないから。落ち着いたら手紙を出すよ」と言っていたが――。

男はトキコのいぶかしげな視線《しせん》を感じて、こうつけ加えた。

「たまたま旅の途中《とちゅう》で息子さんと立ち話をしたんです。こっちの方面に帰るところだと言ったら、手紙を届《とど》けてくれないかと頼《たの》まれましてね。」
「そうでしたか。それはそれは、ありがとうございます。」
麦茶をすすめたが、男は礼儀《れいぎ》正しく断《ことわ》って帰っていった。
トキコは土間に立ったまま、気ぜわしく封《ふう》を破《やぶ》る。
「お父さん、お母さん。おかわりありませんか。
ぼくはこれから船で瀬戸内海《せとないかい》の大久野島《おおくのじま》に行くところです。
ですが、これは秘密《ひみつ》なんです。この島で働くこと、そこでどんな仕事をするかは
家族にも教えてはいけないと言われました。とても重要な仕事なのでしょう。
だから、この先、手紙は出せません。郵便《ゆうびん》だと手紙が着くかわからないので、信
用できそうな人にこの手紙をあずけます。
家に帰れる日まで、お国のためにがんばります。
お父さん、お母さん。ショウジ、ショウゾウ、エツコ、みんなお元気で。」
トキコはこの手紙を何度も読み返した。
だが、夜おそく帰ってきたお父さんの反応《はんのう》はうすかった。

「武器《ぶき》をつくる工場だったら場所を秘密《ひみつ》にするのもしかたがないだろう。」

お父さんは、妻《つま》の前ではなんてことないようにふるまっていたが、本当はこの手紙が気がかりだった。

(まさか本当は呉《くれ》に派遣《はけん》されるんじゃないだろうな?)

広島県《ひろしまけん》の呉《くれ》は軍港として有名だ。大きな軍需《ぐんじゅ》工場があるため、アメリカ軍の空襲《くうしゅう》の標的となっている。

(いや、それならわざわざ大久野島《おおくのじま》の名前は出さないか。)

広島で生まれ育ったお父さんはその島がどの辺にあるか、おおよそ見当もついていた。

お父さんは工場に出勤《しゅっきん》すると、まっすぐ事務室《じむしつ》に向かった。そこに県全域《けんぜんいき》の大きな地図があったのを思い出したからである。

「トキコ、見てくれ!」

トキコは、帰ってきたお父さんの剣幕《けんまく》に驚《おどろ》いた。お父さんは、上着の中からたたんだ紙を取り出して、広げた。事務室《じむしつ》から勝手に持ち帰った地図だ。地図には「昭《しょう》和《わ》十八年発行」と印刷されている。最新の地図である。

「大久野島《おおくのじま》が地図にないんだ！　いや、この島は昔はあったんだ。」

お父さんは引き出しから、古い地図を持ち出してきた。

「これはオレが子どものころに父さんからもらった県内の地図だ。見ろ！」

トキコは二つの地図を見くらべた。

「大久野島《おおくのじま》はなぜ地図から消えてるの？　ショウイチはどこにいるの……？」

この島はなぜ地図にのっていないのだろうか。

解説《かいせつ》

大久野島《おおくのじま》には毒《どく》ガスの製造《せいぞう》工場があった。昭和《しょうわ》初期に工場が建設《けんせつ》され、日中戦争から第二次世界大戦にかけて地元の住民や学生を動員して毒《どく》ガス兵器が作られていたのだ。指導《しどう》されるままに作業していた人々《ひとびと》は、自分たちがどんな恐《おそ》ろしいものを作っているか知らなかったという。毒《どく》ガスの使用は国際的《こくさいてき》にも禁止《きんし》されていたので日本軍はこれをひた隠《かく》しにしていた。そこで、島を地図から消していたのだ。毒《どく》ガスは戦場に送りこまれ、多くの被害者《ひがいしゃ》を出した。また、知らずに製造《せいぞう》にあたり、健康を害した人もたくさんいた。日本軍が毒《どく》ガスを製造《せいぞう》していた事実は、国内では昭和《しょうわ》59（1984）年までほとんど知られていなかった。

現在《げんざい》、大久野島《おおくのじま》では「大久野島毒《おおくのじまどく》ガス資料館《しりょうかん》」や施設跡《しせつあと》を公開し、毒《どく》ガス製造《せいぞう》の事実を伝えている。その一方、たくさんのウサギとふれあえる観光地としても人気だ。小学校で飼育《しいく》されていたウサギが放されて野生化し、増加《ぞうか》したといわれている。

30 マグロはデリケート

理由→なぜ？


ミサはぶあついマグロの最後の一切れにしょうゆをつけ、口に運んだ。とろけるようであり、しっかり引きしまった肉の歯ごたえもある。

「あ〜、おいしかった。ごちそうさま。」

「おいしかったね。」

お母さんも満足そうにはしを置く。

お父さんはお茶を一口飲むと、「ミサのおかげでマグロをたっぷり食べられたな」と笑った。

今日はミサの12歳《さい》の誕生日《たんじょうび》。「誕生日《たんじょうび》の日、何が食べたい？」と聞かれたミサは、こんな提案《ていあん》をしたのだ。

「あのね、今年は誕生日《たんじょうび》ケーキいらない。その代わり、ケーキの分の予算を使ってみんなでマグロをたっぷり食べたいな。」

ミサは日ごろ、よくお手伝いで買い物に行く。小学6年生ともなると、食品の値《ね》段《だん》もだいぶ理解《りかい》しているようだ。

「マグロって高いよね。おいしいから？　みんなが好きだから？」

「そうね。みんなが好きだから高くても売れるわけだけど……もとをたどればみんなが好きだからマグロを獲《と》りすぎた。だから数が減《へ》ってしまった。貴重《きちょう》になったから値段《ねだん》が高くなったともいえるわね。」

お母さんが言うと、お父さんも続けて口を開く。

「マグロが減《へ》った理由は、海の環境《かんきょう》が悪くなったせいもあるよ。マグロの食料になる小型《こがた》の魚が減《へ》ったりして……。そんなわけで、人気のクロマグロはこれ以上減《へ》らないように漁獲制限《ぎょかくせいげん》がかかってるんだ。」

ミサはすぐに切り返した。

「え、だったらさ、じゃんじゃん増《ふ》やせばいいのに。養殖《ようしょく》で。」

「それが、マグロの養殖《ようしょく》ってすごくむずかしいらしいんだよ。」

お父さんは、ちょうど少し前に聞きかじった知識《ちしき》を披露《ひろう》した。

「マグロはすごくデリケートな魚なんだって。卵《たまご》からかえってちっちゃい稚魚《ちぎょ》になるまでにほとんどが死んでしまうんだ。水温の影響《えいきょう》だったり、あと、皮膚《ひふ》がうすいから仲間とぶつかりあうだけでキズがついたり。」

ミサは目を丸くした。

「へーえ。なんかイメージちがったなぁ。マグロってパワフルな強い魚だと思ってた。だってマグロって、自転車くらいのスピードで24時間ずっと泳ぎ続けてるんでしょ？　止まると死んじゃうって聞いたことあるけど。」

「マグロは運動が好きで泳ぎ続けてるわけじゃないよ。」

「そうなの？　じゃあなんでずっと泳いでるの？」

「必要にかられてだね。たいていの魚は、エラを動かして口からエラに水を通して酸素《さんそ》を吸収《きゅうしゅう》してる。エラ呼吸《こきゅう》だね。ところが、マグロはエラを動かせない。それで、マグロは口を開けたまま泳ぐんだ。口から入る水をエラに通して酸素《さんそ》を吸収《きゅうしゅう》するわけ。泳ぐのをやめたら酸素《さんそ》が入ってこなくなっちゃう。」

ミサは思わず口をパクパクさせた。

「『止まると死ぬ』って、もののたとえじゃなかったんだ。ひえ～、つらい！」

「ってわけで、ずっと泳ぎ続けるにはエネルギーがいる。エサ代はたくさんかかる。」

マグロの体重を1キロ増《ふ》やすには15キロのエサがいるといわれるくらいだ。

「じゃ、高いのもしょうがないのか。養殖《ようしょく》って、海の中にでっかい網《あみ》みたいなの作って育てるんだよね？　せっかくお金かけて育てて、どっか逃《に》げられちゃったら困《こま》るもんね。」

「そう。管理もまた大変なんだ。マグロみたいな大型《おおがた》の魚を飼育《しいく》するには、いけす（魚介類《ぎょかいるい》を飼育《しいく》する施設《しせつ》。水そうや、海中を網《あみ》で囲《かこ》ったもの）もそうとうデカくしないとダメだから。クロマグロは体長2～3メートル、体重300キロほどに成長するんだって。たくさん泳ぐとタンパク質豊富《しつほうふ》な赤身が育つそうだ。」
「あたし、赤身の色が濃《こ》いマグロが好き！　めっちゃ泳ぎまくって大きく育っても
らわないとね！」
ミサは食べ終わったお皿を片《かた》づけながら立ち上がる。
お父さんは娘《むすめ》をいとおしげに見つめて言った。
「でも、大きくなってもひと安心とはいえないんだ。生き物を育てるには、イメー
ジにとらわれず性格《せいかく》を知ることが大切なんだね。」

?

大きく育ち、力強く泳ぎ回るようになってもクロマグロの養殖《ようしょく》はむずかしいという。なぜだろうか。

解《かい》説《せつ》

マグロが泳ぐ最高速度は時速18キロほど。街中を走るときの一般的《いっぱんてき》な自転車のスピードくらいだ。豪快《ごうかい》なイメージがあるが、マグロは非常《ひじょう》に神経質《しんけいしつ》。ちょっとした音や光などの刺激《しげき》に敏感《びんかん》で、驚《おどろ》くとスピードを出す。そのため、いけすの網《あみ》に衝突《しょうとつ》して死んでしまうケースがあるのだ。1匹《びき》が異常《いじょう》を感じると、ほかのマグロもつられてパニックを起こすこともある。

日本で捕獲《ほかく》されるマグロの中でも有名なのは、津軽海峡《つがるかいきょう》（青森県《あおもりけん》）で水揚《みずあ》げされるクロマグロ。「大間《おおま》マグロ」のブランド名で知られる。秋から冬にかけ、太平洋を回遊したマグロが津軽海峡《つがるかいきょう》にやってくるのだ。

マグロの養殖《ようしょく》方法については各所で研究開発が進んでいる。近海で稚魚《ちぎょ》を捕獲《ほかく》し、2～3年かけて成魚に育てるが、エサ代の高さや衝突死《しょうとつし》などクリアーすべき課題が多いという。

31

スワードの冷《れい》蔵《ぞう》庫《こ》

理由↓なぜ？

アメリカ合衆国《がっしゅうこく》が、ロシアの領土《りょうど》だった「アラスカ」を買い上げたのは１８６７年のことだった。

アメリカという国は、じつは歴史《れきし》が浅い。アメリカを支配下《しはいか》に置いていたイギリスとの８年あまりの戦いを経《へ》て、独立《どくりつ》が認《みと》められたのは１７８３年だ。アメリカ合衆国《がっしゅうこく》は現在《げんざい》50の州からなるが、国が成立した当時はわずか13州。

それからアメリカは、いろいろな国の植民地を買い上げながら、だんだんと領土《りょうど》を増《ふ》やしていったのだ。

たとえばフランスからルイジアナを、スペインからフロリダを。メキシコからも多くの領土《りょうど》を購入《こうにゅう》している。

「アラスカを買わないか」とアメリカに持ちかけてきたのはロシアの皇帝《こうてい》だ。

位置的にはだいぶアメリカ本国から遠い。しかし、アメリカのスワード国務《こくむ》長官は、アジア大陸に近い場所に拠点《きょてん》を持つことは意味があると考えた。何よりロシアが提示《ていじ》した値段《ねだん》の安さが魅力的《みりょくてき》だった。

「150万平方キロメートルもの広さなのに、720万ドル（現在《げんざい》の価値《かち》で1億5000万ドルくらい。日本円で225億円程度《ていど》）とは。ありがたい！」

この10分の1くらいの広さのフロリダを購入《こうにゅう》したときに、同じくらいの金額《きんがく》を払《はら》ったことを考えると破格《はかく》の大安売りである。

ロシアはこのころクリミア戦争の失敗で財政難《ざいせいなん》におちいり、お金が必要だった。かつてアラスカにはラッコやビーバーがたくさんいた。ロシア人は、その毛皮を売ってもうけていたが、乱獲《らんかく》によって動物の数が激減《げきげん》してしまった。だから、ロシアの皇帝《こうてい》はもう役に立たないアラスカをたたき売ろうと思ったのだ。

しかし、スワード国務《こくむ》長官のこの買い物はアメリカ中から非難《ひなん》を浴びた。

「スワードの役立たずめ！　いくら広くて安いからって、あんな氷づけの不毛の土地を買うやつがあるか？」

アメリカ人たちは皮肉いっぱいにアラスカを「スワードの冷蔵庫《れいぞうこ》」と呼《よ》んだのである。

一方、ロシア王室は持てあましていたアラスカをうまいこと売り払《はら》えて喜《よろこ》んでいたのだが――。

それから30年ほどたって、安く売ったことを後悔《こうかい》する日が来るとは、だれも想像《そうぞう》していなかった。もちろん、スワード国務《こくむ》長官も。

?

19世紀《せいき》の終わりごろになって、突然《とつぜん》アラスカは世界的に注目される価値《かち》ある場所となった。なぜだろうか。

解説《かいせつ》

アメリカがアラスカを購入《こうにゅう》してから約30年後の1896年、アラスカで金鉱《きんこう》が発見されたのである。その後も続々《ぞくぞく》と金鉱《きんこう》が見つかり、アラスカには金の採掘《さいくつ》で一攫《いっかく》千金《せんきん》をねらう人々《ひとびと》が殺到《さっとう》した。この「ゴールドラッシュ」という現象《げんしょう》は1850年前後にもカリフォルニア州で起こっている。

さらに、1960年代には油田が発見され、アラスカはアメリカ有数の石油産地となった。アラスカが、アメリカの49番目の州となったのは1959年のこと。現《げん》在《ざい》もアメリカ最大の州である。

アラスカは、もともとはイヌイットなどの先住民族が住む地域《ちいき》だった。ロシアの皇帝《こうてい》に雇《やと》われたデンマーク人の探検家《たんけんか》ベーリングが1741年にアラスカに上陸し、ロシアの領土《りょうど》としていた。

32

ベルギーの小便小僧《こぞう》

成功↓なぜ？

「マサヒコ、ちょっとベルギーに寄《よ》り道していかないか？」

パリの高速鉄道乗り場でノエルにこう提案《ていあん》されて、断《ことわ》る理由はなかった。

ぼくらはこれからドイツを観光する予定だ。新幹線《しんかんせん》みたいな高速鉄道を使えばドイツへは4時間もかからない。その途中《とちゅう》、ベルギーで降《お》りてみようってわけ。

日本からフランスまで15時間くらいかかったことを考えたら、なんてことない。っていうか、鉄道で「外国」に行けちゃうのっておもしろいよなぁ。

「うわ、なつかしいなぁ。10年ぶりだ。」

ノエルが小学生のころ、ベルギーに親せきが住んでいて遊びに来たんだって。

やってきたのは首都ブリュッセルの中心地、グラン・プラスという広場だ。

歴史的《れきしてき》な建物が立ち並《なら》ぶ石畳《いしだたみ》の広場は、「世界一美しい広場」といわれているそうだ。

「これはブリュッセル市立博物館。『王の家』って名前だけど王様が住んでたわけじゃないんだ。それから、こっちはブリュッセル市庁舎《しちょうしゃ》。」

ノエルはうれしそうに案内する。どれも石づくりでクラシックっていうの？ 重々《おもおも》しいけど美しくてカッコいい建物だ。

「そうだ。ブリュッセルに来たからには小便小僧《こぞう》に会っていかないと！」

「小便小僧《こぞう》？」

聞き返すと、ノエルはニヤッと笑う。

「そう。世界的に有名な人気者だよ。」

ノエルは、人だかりを指さした。ちっちゃい裸《はだか》の男の子がおしっこをしてる――

ごくふつうの「小便小僧《こぞう》」だ。

「こんな小便小僧《こぞう》なら日本にもあるけど、どうしてこれが有名なの？」

そう聞くと、ノエルは青い目を大きく見開いた。

「これは1619年にできたもので、小便小僧《こぞう》の元祖《がんそ》といわれてるんだ。しかも——この子どもはブリュッセルを危機《きき》から救《すく》った英雄《えいゆう》だと語りつがれてるのさ！」

はぁ。どう見ても幼児《ようじ》だけど？

百歩ゆずって、この子が町を危機《きき》から救《すく》ったとしてもさ。

なんでおしっこしてるポーズの像《ぞう》になったんだ？

?

ブリュッセルの小便小僧《こぞう》はどうやって町を危機《きき》から救《すく》ったのだろうか。

解説《かいせつ》

ずっと昔。ブリュッセルに攻《せ》めこんだ敵軍《てきぐん》が城に爆弾《ばくだん》をしかけたとき、少年が爆《ばく》弾《だん》の導火線《どうかせん》におしっこをかけて火を消したという。「ブリュッセルの小便小僧《こぞう》」の由来にはいくつかの説があるが、一番有名なのがこの説である。ほかに「戦いのとき、まだ2歳《さい》の領主《りょうしゅ》をゆりかごに入れて木につるしていたところ、彼《かれ》が敵《てき》におしっこをかけたのでみんなの士気《しき》が高まり、勝利した」といった説もある。

「ブリュッセルの小便小僧《こぞう》」は、「デンマークの人魚姫《にんぎょひめ》の像《ぞう》」「シンガポールのマーライオン」と並《なら》び「世界3大がっかり名所」などと呼《よ》ばれることもある。実際《じっさい》に目にすると小さかったり地味だったり、というのが評価《ひょうか》の理由らしい。

だが、ブリュッセルの小便小僧《こぞう》が世界的な人気者であるのは本当だ。18世紀《せいき》にフランス王ルイ15世が小便小僧《こぞう》に衣装《いしょう》を贈《おく》ったのをはじめ、世界各地からプレゼントが届《とど》いている。1000着以上もの服が、ブリュッセル市立博物館内の「小便小僧《こぞう》の衣装《いしょう》博物館」に収《おさ》められている。

33

海の大旅行

理由→なぜ？

ときは1992年、太平洋の真ん中で。

香港《ホンコン》から出発し、アメリカを目指していた貨物船はたいへんな悪天候に見舞《みま》われていた。船はたてに横に、大きく揺《ゆ》さぶられた。そのうちに、いつしかコンテナが荷くずれしてしまったらしい。

「たいへんだ！　コンテナが海に落ちたぞ！」

異変《いへん》に気づいた乗組員は雨に打たれながら、船から転がり落ちたコンテナを指さした。みんなが集まってきて、波に洗《あら》われるコンテナを目で追う。

「おい、あれはもしかして……。」

コンテナから小さい黄色いものが海に流れ出している。積荷の箱に穴《あな》が空いたらしい。

「まずいぞ。たいへんなことになった。」

乗組員の一人は顔をゆがめたが——不謹慎《ふきんしん》にもプッとふき出した。

コンテナから流れ出した「黄色いもの」とは、プラスチックでできたアヒルのおもちゃだったのだ。

そう、お風呂《ふろ》に浮《う》かべて遊ぶおもちゃである。アヒルだけでなくビーバー、カメ、カエルたち、合計2万8800個《こ》が漂流《ひょうりゅう》を始めた瞬間《しゅんかん》だった。

海にコンテナが落ちる事故《じこ》はそうめずらしいことではない。

だが、海に大量のプラスチックをまき散らすのは大問題だ。プラスチックは、木材や布《ぬの》などとちがって、自然に分解《ぶんかい》されることはない。海の生物がプラスチックの破片《はへん》を食べて死んでしまう事例が増《ふ》えている。のどにつまって窒息《ちっそく》したり、体内で炎症《えんしょう》を起こしたり。これは、海の生態系《せいたいけい》バランスに影響《えいきょう》をおよぼしていく。

人間への直接的《ちょくせつてき》な害もある。マイクロプラスチック（5ミリ以下のプラスチック）が体にたまった魚を食べれば、健康被害《ひがい》が生じる可能性《かのうせい》がある。

小さくくだけたプラスチックは、海から回収《かいしゅう》するのがむずかしい。ある程度《ていど》大きいプラスチックごみが一か所にたまれば、海の生物が暮《く》らしにくくなる。

しかし、意外なことに――この「アヒルのおもちゃ大量流出事件《じけん》」には一つだけメリットがあったのだ。

2万8800個《こ》ものお風呂《ふろ》用おもちゃが海に流出した。それが何の役に立ったのだろうか。

解説《かいせつ》

お風呂《ふろ》用のおもちゃはプカプカ浮《う》くようにできているので、その多くが世界各地に漂着《ひょうちゃく》した。これらがどのくらいの時間をかけて、どこにたどり着いたかのデータを取ることで「海流の動き」の研究に役立ったのである。海流とは決まった方向に流れる海水のことだ。これは実話をもとにした話。

太平洋の真ん中あたりで漂流《ひょうりゅう》を始めたおもちゃのうち3分の2ほどは南に流れ、インドネシアやオーストラリア、南米に到着《とうちゃく》。残りの3分の1ほどは北上した。北極海に入ったものは氷づけになって移動《いどう》し、8年もかかって大西洋に達したという。海流は、海水の温度によって暖流《だんりゅう》（暖《あたた》かい流れ）と寒流（冷たい流れ）に分かれる。日本近海を流れる主な海流は、黒潮《くろしお》（太平洋側の暖流《だんりゅう》）、親潮《おやしお》（太平洋側の寒流）、対馬《つしま》海流（日本海側の暖流《だんりゅう》）、リマン海流（日本海側の寒流）。暖流《だんりゅう》と寒流がぶつかる「潮《しお》目《め》」にはプランクトンが増《ふ》えやすく、魚が多く集まっている。

34

2人の秘密《ひみつ》

暗号→解読《かいどく》？

小学6年生の夏休みは、中学受験をひかえた子にとって大事な時期だ。

そんなわけで塾長《じゅくちょう》はいちだんとはりきっている。

夏期講習《こうしゅう》が始まってからというもの、ぼくたち講師《こうし》の顔を見れば「われわれ講師《こうし》が気を引きしめましょう！」って言うんだよね。

ぼくなんかその言葉とともに必ず背中《せなか》をパン、とたたかれる。

なにしろまだ2年目の講師《こうし》だから、頼《たよ》りないと思われてるんだろうな。

塾長《じゅくちょう》は今朝のミーティングで、「子どもたちがうわついてる」と言ってたけど、それは否定《ひてい》できない。

ここの塾生《じゅくせい》は全員が近くのＳ《エス》小学校に通ってる子たちなんだけどさ。夏休みに入る前、日光《にっこう》（栃木県《とちぎけん》）に修学旅行《しゅうがく》に行ったばかりなんだ。同級生との初めての旅行だし、よっぽど楽しかったんだろうね。休み時間はその話題で持ちきりだ。

華厳《けごん》の滝《たき》がすごい迫力《はくりょく》だったとか、真っ赤な神橋《しんきょう》がカッコよかったとか。東照宮《とうしょうぐう》の「眠《ねむ》りねこ」の彫刻《ちょうこく》がかわいかったとか、いろは坂の急カーブでバスに酔《よ》ったとかさ……。

ぼくにおみやげを買ってきてくれた子もいてね。東照宮《とうしょうぐう》の「見ざる聞かざる言わざる」の３匹《びき》のサルがプリントされてるペンケースに、二荒山《ふたらさん》神社のお守り。

「先生も修学《しゅうがく》旅行で日光《にっこう》に行った？」

って聞いてこられたら、話に乗らないわけにいかない。で、いっしょになってしゃべってるのを塾長《じゅくちょう》に見られてさ。

「生徒と仲よくするのはいいけど、もっと威厳《いげん》を持ちなさい。子どもにナメられるわよ！」なんて注意される始末だ。

それもそうだよな。休み時間に盛《も》り上がるのはいいけど、授業《じゅぎょう》に集中できてない子にはもう少しきびしい態度《たいど》をとろう。そう思ってた矢先。


今日の授業《じゅぎょう》は後半にミニテストを行った。

「あと5分だよ。名前を書き忘《わす》れてないか確認《かくにん》してね。」

机《つくえ》の間を歩きながらこう言ったとき。

まさか。カンニングか？

カメノくんが、ヤシロくんに紙きれをわたすのを見てしまったんだ。

ヤシロくんは紙きれを筆箱の下にサッとかくそうとしたけど、ぼくはすばやくそれを取り上げた。

「こら！　なんだこれは！」

2人とも青い顔になった。

たたんであった紙きれを開くと、書かれていたのは——。

いぱ　ろぱ　はが　にに　ほち　へよ　とう
ちび　りは　ぬい　るえ　をに
わい　かろ　よだ　たっ　れて　そあ
つし　ねた　なじ　らゅ　むく
うさ　ゐぼ　のっ　おて　くえ　やい　まが
けい　ふこ　こう　ええ　てき
あま　さえ　きに　ゆじ　めゅ　みう　しじ

ゑひもせす

「ふーん。秘密《ひみつ》の暗号文ってわけか。」

ぼくが言うと、カメノくんは首を横にふる。

「ただのいたずら書きです。」

「いやいや。ぼくも小学生くらいのときは、友だちとの暗号文作りに熱中したことがあるからね。」
ぼくは紙きれをよくながめた。
「このくらいはすぐ解《と》けるよ。先生をナメるんじゃないぞ。」

?

この暗号を解読《かいどく》してほしい。

解《かい》説《せつ》

カメノくんが作った暗号のカギは、最後の「ゑひもせす」。先生は、これで暗号の法則《ほうそく》を見破《みやぶ》った。「ゑひもせす」は、「いろは歌」の最後の一節。いろは歌とは、昔の「あいうえお50音」のようなものだ。

さて、一行目「いぱ　ろぱ　はが　にに　ほち　へよ　とう」を見てみよう。2文字ずつ区切られているが、1文字目だけを拾ってみると「いろはにほへと」となる。つまり、「いろはにほへと」をぬかして読めばいい。

解読《かいどく》した文章は「ぱぱがにちようびはいえにいろだって　あしたじゅくさぼってえいがいこう　えきまえにじゅうじ」。授業後《じゅぎょうご》に2人と話すと「塾《じゅく》をさぼったりしない」「授業《じゅぎょう》に集中する」と約束し、しっかり反省しているようだったので先生は2人を許《ゆる》したのである。日光《にっこう》の観光道路「いろは坂」には48の急カーブがあり、カーブごとに「い」「ろ」「は」と1文字ずつの標識《ひょうしき》がある。

35

わたしの彼《かれ》は化石好き

理由↓なぜ？

東京《とうきょう》、原宿《はらじゅく》。おしゃれな人たちが行きかう街。

横断歩道《おうだんほどう》の信号が青に変わるのを待っていたあたしは、街路樹《がいろじゅ》の下のベンチにタクマが腰《こし》かけているのを見つけた。今日も髪《かみ》は寝《ね》ぐせでボサボサ。はき古したデニムに、遠目に見てもえりもとがヨレヨレなのがわかるグレーのTシャツ。

だけど。こっちを見ているその瞳《ひとみ》はだれよりもキラキラ輝《かがや》いている。

「タクマ、待たせてごめん！」

声をかけると彼《かれ》はビクッとした。また、何か夢《ゆめ》を見てたのかな。

「ううん。いいんだよ。きみが向こうから歩いてくるのを見ながら想像《そうぞう》してたんだよ。

何万年も前、ここをナウマンゾウが歩いてたんだなぁって。」

あたしはずっこけた。恋人《こいびと》の姿《すがた》をナウマンゾウにだぶらせる彼氏《かれし》ってなんなのよ？

タクマによれば、１９７１（昭和《しょうわ》46）年に原宿《はらじゅく》駅の近くで、工事中にナウマンゾウの化石が見つかったんだって。

「ナウマンゾウって、マンモスみたいなやつ？」

「見た目の大きなちがいは、マンモスは毛がフサフサしてることだね。寒い地域《ちいき》に住んでたから。ナウマンゾウは、今のアジアゾウに近いかな。」

いつまでもゾウの話をしてるつもりはないんだけど、タクマと話してるとみょうに興味《きょうみ》がそそられることがある。

「でもさ、日本にゾウっていないはずじゃない？」

「うん。だから、ナウマンゾウはユーラシア大陸（ヨーロッパとアジアをふくむ大陸）からわたってきたわけ。」

「わたってきたって、海を？　いや、ゾウは泳げないか。」

タクマの瞳《ひとみ》が興奮《こうふん》した光を帯びる。

「つまりね。そのころ日本列島とユーラシア大陸はつながっていたんだ。ナウマンゾウが生息してたのは20万~2万年前と推測《すいそく》されてる。2万年前は今より海面が120メートル低かったそうだ。となると水深の浅いところは海底がむきだしになって、橋のようになる。ナウマンゾウは、対馬《つしま》海峡《かいきょう》(九州と朝鮮《ちょうせん》半島の間)にできた『陸橋』をわたってきたわけ。」

そのころは、九州、四国と本州も陸橋でつながっていたと考えられているらしい。

「なるほど、それでナウマンゾウは東に旅していったんだね。」

2万年前っていうと旧石器時代《きゅうせっきじだい》か。この街——この場所の2万年前の風景ってどんなふうだったのかなぁ。

突然《とつぜん》、タクマがほほえみを浮《う》かべてあたしをまっすぐに見た。

「そのブローチ、アンモナイトに似《に》てるね。」

再《ふたた》びずっこける。まぁ、タクマはいつもこの調子なんだけどね。

あたしはコートのえり元のブローチをながめた。うず巻《ま》きもようにラインストーンをちりばめたデザイン。うず巻《ま》きだからアンモナイトっぽいといえなくはない。

「アンモナイトって恐竜《きょうりゅう》の時代の生き物だっけ？」

「そう。アンモナイトは約4億年前に出現《しゅつげん》して、6600万年くらい前に絶滅《ぜつめつ》したといわれてるね。」

さらに話題が昔にさかのぼっちゃったよ。少しは現代《げんだい》の話もしたいんだけど、彼《かれ》氏《し》が化石オタクだとこうなる。タクマはイキイキと話を続ける。

「アンモナイトの化石は世界中でたくさん見つかっててね。長く繁栄《はんえい》した生き物だから、その間に進化している。アンモナイトの化石は、その土地の研究におおいに役立つんだ。そう、エベレストの山頂《さんちょう》からも発見されてるね。」

エベレストって世界一高い山じゃん。アンモナイトは海の生き物なのに？

「だれかがイタズラして、化石をうめたとか？」

「それはないよ。化石が見つかったのはエベレストの山頂《さんちょう》のイエローバンドという地層《ちそう》でね。イエローバンドは、海底に積もった海洋生物の死がいからできた石灰岩《せっかいがん》なんだ。つまり、エベレストの山頂《さんちょう》は海底だったわけ。」

「ってことは……やっぱり海水が干上《ひあ》がってエベレストが現《あらわ》れたの？」

と言ったところで予約してたカフェに着いたんで、あたしは店員さんに名前を告げた。店員さんがすまなそうに言う。

「1階のお席をご予約でしたよね。たいへん申し訳《わけ》ないのですが、こちらのミスで1階に団体《だんたい》さんを通してしまいまして。2階のお席でもよろしいですか？　おわびにスイーツをサービスさせていただきます。」

2人でエレベーターに乗り——あたしが「あれ、何の話してたっけ？」って言うと、タクマは片《かた》まゆを上げてみせた。

「エベレストの話。ぼくたちもアンモナイトみたいだね。」


海の中にあったエベレストは、海水が干上《ひあ》がったわけではないのになぜ高い山になったのだろうか。

解説《かいせつ》

エベレストの高さは8848メートル。ネパールと中国の国境《こっきょう》にそびえるヒマラヤ山脈《さんみゃく》の世界一高い山だ。その山頂《さんちょう》からアンモナイトの化石が発見されたということは、かつてここが海底だった証拠《しょうこ》である。だが、「陸橋」のように水深が浅くなって山が現《あらわ》れたわけではない。

地球の表面（地殻《ちかく》）は、今も少しずつ動いている。約4000万年前のこと。現在《げんざい》のインドのあたりは独立《どくりつ》した大陸で、もっと南にあった。インドなどが乗っているプレートが少しずつ動き、アジア大陸につきささるようにぶつかった。衝突《しょうとつ》で海底面が上に押《お》し上げられ、ヒマラヤ山脈《さんみゃく》、エベレストが地上に飛び出したのである。これを「ヒマラヤ隆起《りゅうき》」という。

山のでき方には2種類ある。一つは富士山《ふじさん》（火山）のように噴火《ふんか》をくり返し、溶岩《ようがん》が積み重なって高くなるもの。もう一つが、エベレストのような「地殻《ちかく》変動」によるものだ。

36

日本をつなぐ道

理由→なぜ?

「え、青函《せいかん》トンネルって車は通れないんだっけ⁉」

「ヒロ、おまえ、あんなに北海道《ほっかいどう》ツーリングしたいって言ってたのにそんなことも知らなかったのか?」

おじさんにつっこまれて、ぼくは赤面した。そっか。うっかりしてたな。

20歳《さい》で中型《ちゅうがた》バイクの免許《めんきょ》を取ってから、1年たった。

いよいよこの夏休み、ぼくのバイクの先生であるおじさんと北海道《ほっかいどう》ツーリングに行くことになって、ただ今計画を相談中である。

「北海道《ほっかいどう》だけは本州から車で移動《いどう》できないからな。ツーリングするにはフェリーでバイクを運ぶんだ。」

「かんちがいしてたんだよ……。瀬戸大橋《せとおおはし》とごっちゃになったのかな。」

ぼくは照れかくしで必死に言いわけする。

「瀬戸大橋《せとおおはし》は上が自動車道で、下が鉄道なんだ。」

「おじさん、瀬戸大橋《せとおおはし》も走ったことあるんだっけ?」

「ああ、開通した年に走りに行った。1988年は大変革《だいへんかく》の年だ。青函《せいかん》トンネルと瀬戸大橋《せとおおはし》があいついで開通したんだからな。」

そうだったんだ。青函《せいかん》トンネルは、青森《あおもり》と北海道《ほっかいどう》を結ぶ海底トンネル。瀬戸大橋《せとおおはし》は、岡山県《おかやまけん》と香川県《かがわけん》を結ぶ橋。その二つが同じ年に開通したなんて、大事件《だいじけん》だよな。

「そのおかげですごい便利になったんだろうね。」

「便利ってこともあるが、安全性《あんぜんせい》の意味も大きいな。青函《せいかん》トンネルも瀬戸大橋《せとおおはし》も、構想《こうそう》はずいぶん昔からあったそうだ。でも、技術的《ぎじゅつてき》な壁《かべ》もあったし、ばく大な費用《ひよう》もかかる。計画を後押《あとお》しすることになったのには、どちらも船の大事故《だいじこ》がかかわっているんだ。」

おじさんは静かに話し始めた。

1954年。青森《あおもり》と北海道《ほっかいどう》の津軽海峡《つがるかいきょう》をつないでいた青函連絡船《せいかんれんらくせん》「洞爺丸《とうやまる》」の事《じ》故《こ》。台風の影響《えいきょう》で暴風《ぼうふう》にさらされて転覆《てんぷく》し、1155人もの死者が出たという。

そして、翌年《よくとし》の1955年には、高松市《たかまつし》（香川県《かがわけん》）と玉野市《たまのし》（岡山県《おかやまけん》）を結ぶ連絡《れんらく》船《せん》「紫雲丸《しうんまる》」が貨物船と衝突《しょうとつ》して沈没《ちんぼつ》する事故《じこ》が起こる。修学《しゅうがく》旅行中の小・中学生など168人がぎせいになったんだって。

「これは瀬戸内海《せとないかい》に発生する濃霧《のうむ》が原因《げんいん》ともいわれてるね。しかも行き来する船が多くて、いずれ事故《じこ》が起こるんじゃないかと心配されてたそうだ。」

道路とか、あって当たり前みたいに使ってるけど、すごい仕事だよなぁ。

「でもさ、おじさん。青函《せいかん》トンネルは、海の底にトンネルを掘《ほ》ったわけでしょ？

青森《あおもり》・北海道《ほっかいどう》の間はなんで橋にしなかったのかな？」

おじさんはちょっと考えた。

「そうだなあ。なんといっても距離《きょり》がちがうよ。瀬戸大橋《せとおおはし》は約12キロ。これだって、そうとう長いけど、間には5つの島がある。厳密《げんみつ》にいうと6本の橋をかけてるんだ。

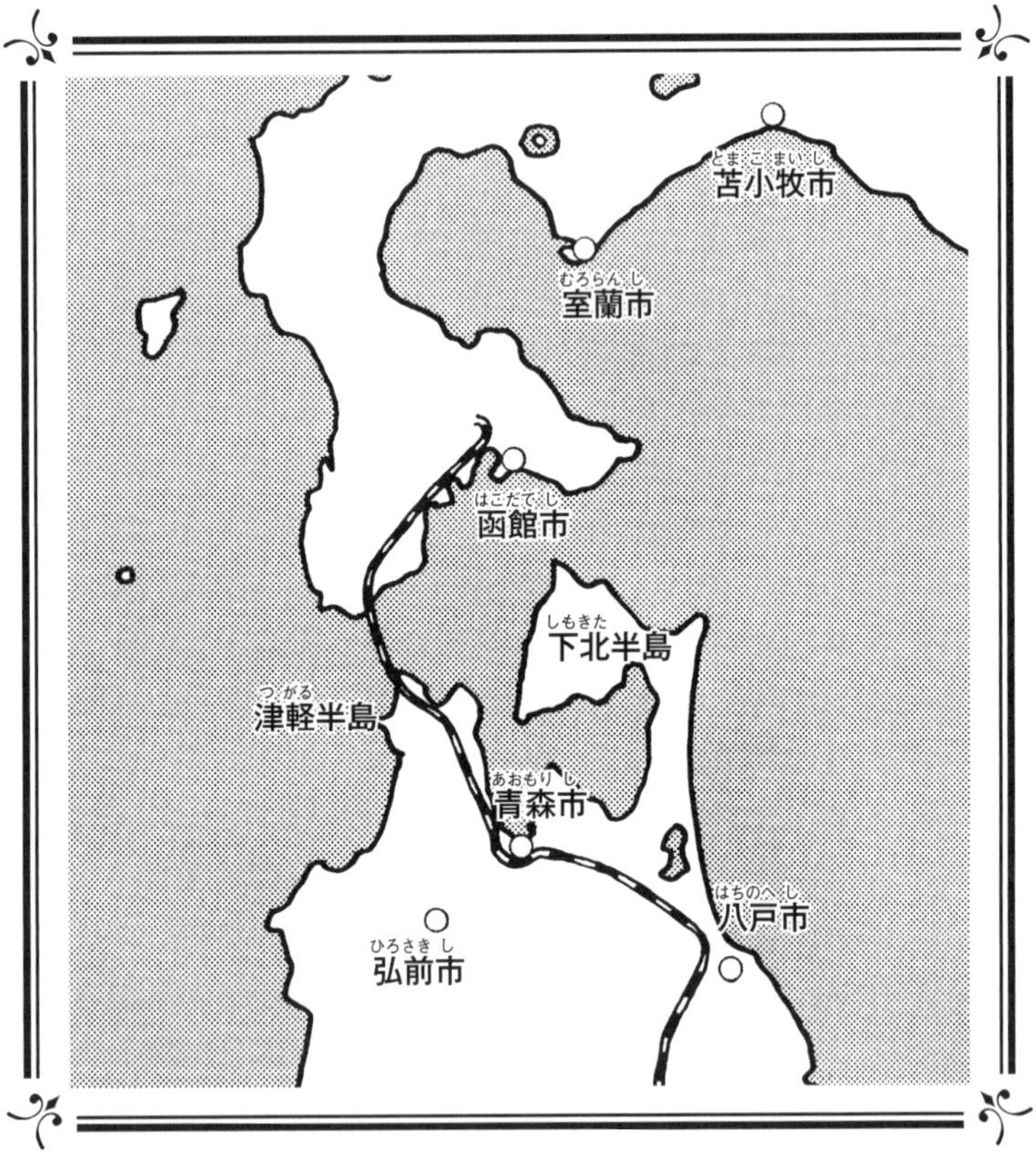

苫小牧市《とまこまいし》
室蘭市《むろらんし》
函館市《はこだてし》
下北半島《しもきた》
津軽半島《つがる》
青森市《あおもりし》
八戸市《はちのへし》
弘前市《ひろさきし》

一方、青函《せいかん》トンネルの海底部分は20キロ以上ある。」

しかし、ぼくは地図を見ていてふと気づいた。

「ねぇ、津軽《つがる》半島よりも下北《しもきた》半島の方が、北海道《ほっかいどう》に近いじゃん？　海底にトンネルを掘《ほ》るのはめちゃめちゃたいへんでしょ。なんで下北《しもきた》半島ルートにしなかったんだろう？」

するとと、おじさんはあごに手を当てて言ったんだ。

「よく気づいたな。下北《しもきた》半島の方が北海道《ほっかいどう》に近いのはたしかだ。下北《しもきた》半島の最北端《さいほくたん》と函館《はこだて》の汐首岬《しおくびみさき》が『本州～北海道《ほっかいどう》』の最短ルートだ。でも、トンネルを掘《ほ》るなら津《つ》軽《がる》半島ルートの方が安全だったってことなんだろうな。」


青函《せいかん》トンネルでは、なぜ最短ルートにトンネルを掘《ほ》らなかったのだろうか。

解《かい》説《せつ》

主人公が気づいたように、距離《きょり》でいえば下北《しもきた》半島ルートの方が短い。実際《じっさい》、工事の前には下北半島ルートも検討《けんとう》されていた。だが、調べてみると下北《しもきた》半島ルートの方が「海底」がずっと深くなっていたのである。さらに下北《しもきた》ルートでは、函館《はこだて》にある恵山《えさん》火山帯にぶつかることがわかった。

青森県《あおもりけん》と北海道《ほっかいどう》の間の津軽海峡《つがるかいきょう》に建設《けんせつ》された「青函《せいかん》トンネル」は長さ53・85キロ（海底部分は23・3キロ）。海底100メートル（海水面から240メートル下）。海底部分の工事は何度も地下水の噴出《ふんしゅつ》にあい、困難《こんなん》をきわめた。1988（昭和《しょうわ》63）年に開業し、2016（平成《へいせい》28）年には待望の北海道新幹線《ほっかいどうしんかんせん》が開通した。

同じ年に完成した瀬戸大橋《せとおおはし》は、同じく1988（昭和《しょうわ》63）年に開業。初めて本州と四国を陸路でつないだ12・3キロの橋だ。さらに1990年代末には明石海峡大橋《あかしかいきょうおおはし》（兵庫県神戸市《ひょうごけんこうべし》〜兵庫県《ひょうごけん》の淡路島市《あわじしまし》）、しまなみ街道（広島県尾道市《ひろしまけんおのみちし》〜愛媛県今治市《えひめけんいまばりし》）が開通。この3つのルートを「本州四国連絡橋《ほんしゅうしこくれんらくきょう》」という。

37 世界で一番長い川

理由↓なぜ？


「おじいちゃん、約束守ってくれるんだよね？」

夕食を終えると、キヨカがいたずらっぽくささやいた。

「もちろんだよ。じゃ、キヨカの部屋に行くか。」

「やった～！　助かっちゃう。」

キヨカはうれしそうに言って、オレのうでをつかんだ。それを見ていたオレの娘《むすめ》
――キヨカの母親は不思議そうな顔をする。

「あら、キヨカの部屋で何するの？」

「ゲームだよ、ゲーム！」

キヨカはそう言って目配せした。「2人だけの秘密《ひみつ》」という合図である。

今どきの中学1年生はなかなかいそがしい。キヨカはオレにとってたった一人の孫娘《まごむすめ》だ。夏休みだからキヨカをどこかに連れていってやろうと思って泊《と》まりに来たのに、キヨカのスケジュールはぎっしりだ。

唯一《ゆいいつ》、空いていたのが今日だった。「2人で水族館に行かないか？　キヨカの好きなアザラシやイルカのぬいぐるみも買ってやるぞ」と誘《さそ》うと、キヨカは笑顔《えがお》になったが――「でも、あした提出《ていしゅつ》の塾《じゅく》の宿題がいっぱいあるんだよ」と言う。

そこで、オレは胸《むね》をはって言ったのだ。

「そんなの、おじいちゃんが手伝ってやるよ。こう見えてもおじいちゃん、中学のときは優秀《ゆうしゅう》だったんだ。」

「残ってるのは数学と社会なんだ。おじいちゃん、社会やってくれる？」

プリントの束はけっこうな量だ。ふむ、世界地理か。それなら自信がある！

「あたしの字に似《に》せて書いてくれる？　まぁ塾《じゅく》の先生は、夏休み限定《げんてい》の大学生のバイト講師《こうし》だからバレないと思うけど。」

「まかしとけ。おじいちゃん、そういうの得意《とくい》なんだ。大学生のときには、よく同級生のレポートを代わりに書くバイトをしたもんだ。」

「へぇ、すご〜い！」

キヨカはおもしろがっている。75歳《さい》のオレが孫《まご》と友だちみたいに話せるのは楽しいなぁ。


遠い昔だけど、勉強したことは意外と頭に入っているもんだ。海外に行ったこともないし、海外のニュースにくわしいわけでもないが、世界地図を見るとちゃんと記憶《きおく》がよみがえる。

「地図の①の川の名前を書け」か。ドナウ川だな。

「地図の②の国の首都の名前を書け」。この国はイタリアだから、答えはローマ。

「地図の③の国の名前を書け」……この国の形はおかしいな。作図ミスか？

おっと、あぶない。オレが習ったころはチェコスロバキアだった国は、チェコとスロバキアに分かれたんだっけな。じゃ、これはチェコだ。

オレは快調《かいちょう》に問題を解《と》いていった。

しかし、最後の問題には首をひねった。

「以下は世界の長い川ベスト3である。長い順にカッコ内に1・2・3と書き入れよ」という問題だ。

（　）長江《ちょうこう》（揚子江《ようすこう》）

（　）ナイル川

（　）アマゾン川

おや。こりゃ出題ミスだなぁ。「社会の先生は大学生のバイト講師《こうし》」らしいし、うっかりミスか。

キヨカはいつのまにか机《つくえ》にふせてスヤスヤ眠《ねむ》っている。数学のプリントは全部できてるようだから起こさないでおくか。

オレは問題の横に、自信を持ってこう書いた。

「世界最長の川はミシシッピ川です」。


後日、キヨカが返されたプリントを見せに来た。

最後の問題以外は、全問正解《せいかい》だ。しかし、「世界最長の川はミシシッピ川です」の横に×印がついている。おかしい。遠い昔とはいえ、学生時代に「世界一長い川はミシシッピ川」と答えて正解《せいかい》したのは、絶対《ぜったい》に記憶《きおく》ちがいじゃない！

オレが強く主張《しゅちょう》すると、キヨカは言ったのだ。

「うん……。でね、塾《じゅく》の先生に『もしかして宿題、だれかに手伝ってもらってない？』って聞かれちゃってさ……。」


?


主人公は「世界最長の川はミシシッピ川」という解答《かいとう》に絶《ぜっ》対的《たいてき》な自信を持っている。

この出題は合っているのか、まちがいなのか。塾《じゅく》の先生は、なぜそんなことを言ったのだろうか。

解説《かいせつ》

この出題は合っている。世界の長い川ベスト3は、①ナイル川（アフリカ大陸）②アマゾン川（南米大陸）③長江《ちょうこう》（アジア大陸）。ミシシッピ川（北米大陸、ミズーリ川源流《げんりゅう》から）は4位。しかし、75歳《さい》の主人公が学生だった当時はミシシッピ川が世界最長の川だった。国立天文台が編集《へんしゅう》する「理科年表」では1970年までミシシッピ川が1位である。順位が変わったのはナイル川などで新しい水源地《すいげんち》（水がわき出ている場所）が発見されたり、測定《そくてい》の基準《きじゅん》が変わったりしたため。さらにいうとアマゾン川はアンデス山脈《さんみゃく》の奥地《おくち》から流れているので川の始まりを見つけるのが難《むずか》しく、現在《げんざい》も調査中《ちょうさちゅう》。近い将来《しょうらい》、ナイル川をぬいてアマゾン川が世界一になるかもしれないといわれている。このように、測定《そくてい》方法そのものが変わることがあるので、こうしたデータは時代とともに更新《こうしん》されることがあるのだ。塾《じゅく》の先生は、ある世代では「ミシシッピ川が1位」が常識《じょうしき》だったと知っており、キヨカが宿題を手伝ってもらったとにらんだ。キヨカは先生の推理《すいり》に驚《おどろ》きつつ、白状《はくじょう》してあやまったのである。

38 マルコ＝ポーロのウソ

理由→なぜ？


「うれしいな。本当にありがとう！」

あこがれだった純金《じゅんきん》のコイン型《がた》のチャームがついたペンダントが、胸元《むなもと》で輝《かがや》いている。あたしはもう一度鏡をのぞいてから、そっとペンダントをはずす。

「喜《よろこ》んでくれてオレもうれしいよ。」

カッシはホッとしたような笑顔《えがお》を浮《う》かべてる。たぶんアクセサリーを買うのなんて初めてだろうし、選ぶの苦労したんだろうなぁ。高かったんだろうなぁ。愛情《あいじょう》、感じちゃうね。

ペンダントのケースの中には、保証書《ほしょうしょ》が入っていて金の純度《じゅんど》、重さが書かれている。金っていうのは安定して価値《かち》がある。だから、万が一のときには売ってお金にすることもできるわけなのだ。あ、もちろん、カッシからの初めてのプレゼントを売ったりしないけどね！

保証書《ほしょうしょ》に書かれてるお店の名前を見て、思わず笑っちゃった。

「『ジュエリーショップ　ジパング』だって！」

カッシはニヤッとした。

「うん……どこの店で買おうか迷《まよ》ったんだけどさ。この名前にピンときたからこの店にしたんだ。金なら『ジパング』でまちがいないでしょ？」

有名な冒険家《ぼうけんか》、マルコ＝ポーロがヨーロッパの人たちに、日本のことを「黄金の国ジパング」として紹介《しょうかい》した――もちろんそれに引っかけてつけた店名だよね。

「ジパング」は、「ジャパン」のもとになった語だ。

「それにしても、どうしてマルコさんは日本のことを『黄金の国』なんて言ったんだっけ？」

「ああ、それな。マルコ＝ポーロってじつは日本に来たことないんだよ。中国で、中国人から『日本の王様は金ピカの宮殿《きゅうでん》に住んでる』って聞いて、それをそのまま『東方見聞録』に書いちゃったの。あ、ちなみに『東方見聞録』って正確《せいかく》にはマルコ＝ポーロが書いたわけじゃないんだよな。マルコ＝ポーロがしゃべったのをだれかほかの人が筆記したの。」

「マジ⁉ 自分で見てもないのに『黄金の国です』って言っちゃったわけ？ 今なら炎上案件《えんじょうあんけん》じゃん？」

あたしは爆笑《ばくしょう》した。

「でも、時代は13世紀《せいき》だからね。ヨーロッパの人たちはみんな素直《すなお》に信じたんだろうね。」

「中国の人が言った『金ピカの宮殿《きゅうでん》』っていうのは何なの？ これもテキトー？」

「それは12世紀《せいき》に建てられた中尊寺金色堂《ちゅうそんじこんじきどう》のことじゃないかっていわれてる。岩手《いわて》県《けん》にあるまさにピカピカのお堂《どう》だね。」

「そっか。日本って金、とれたんだ？」

日本って金なんてとれないイメージだけど。

「昔はけっこうとれたらしいよ。で、当時、中国と貿易《ぼうえき》するとき、砂金《さきん》で支払《しはら》ったりしてたんだ。それで中国の人は『日本には金がわんさかある』って思ったらしい。」

「そうかぁ。だれかがだいぶ盛《も》ってしゃべっちゃったのかな。でも、そんなうわさ話レベルでヨーロッパの人たちに『すばらしい黄金の国』って信じられてたと思うとおもしろいよね。っていうか、カツシ、こういう話くわしいんだね。」

カツシはちょっと得意《とくい》そうな顔になる。

「中学のとき、歴史《れきし》地理部でよくこういう話してたんだ。マルコ＝ポーロが広めちゃった日本の大ウソ、ほかにもすごいのがあってさ。『日本人は、つかまえた捕虜《ほりょ》を殺《ころ》して食べる』っていうの。」

「え、それも『東方見聞録』に書いてあるわけ？」

「そう。」

「ひえ～、それはヤバいね！　マルコさんって一応偉人《いちおういじん》だし……教科書に出てくるような人って、みんなちゃんとしてると思ってた！」

カツシは深々《ふかぶか》とうなずいた。

「でもね……そのデマは日本の得《とく》になったっていう説もあるんだ。」

日本を「黄金の国ジパング」と紹介《しょうかい》したマルコ＝ポーロは、同時に「人を殺《ころ》して食べる国」だと言った。これがなぜ日本によい結果になったと考えられるのだろうか。

解《かい》説《せつ》

イタリア人の商人・旅行家であるマルコ＝ポーロは1271年、17歳《さい》のときに父とおじとともに故郷《こきょう》を出発し、約4年がかりで現在《げんざい》の中国に到着《とうちゃく》。当時、ユーラシア中央部で勢力《せいりょく》を誇《ほこ》ったモンゴル帝国《ていこく》の皇帝《こうてい》フビライ＝ハンにつかえ、多くの知見を得《え》た。祖国《そこく》に帰るまでの24年間の体験の記録が『東方見聞録』だ。この本によって『黄金のあふれる国』に行きたいと願った読者は多かっただろう。一方で「日本人は捕虜《ほりょ》を殺《ころ》して食べる」という記述《きじゅつ》を信じた人々《ひとびと》は、日本に出かけていくのをためらったはず。もし、つかまってしまったらたいへんなことになる⁉　この記述《きじゅつ》のおかげで日本は攻《せ》め入られずにすんだと考えられている。

ヨーロッパに初めてアジア諸地域《しょちいき》の文化を伝えた『東方見聞録』はヨーロッパ人にとって貴重《きちょう》な文献《ぶんけん》で、好奇心《こうきしん》をかきたてた。これが世に出たのは1299年ごろ。人の手で書き写されて広まり、ヨーロッパ人が盛《さか》んに海外進出する「大航海《だいこうかい》時代（1400〜1650年ごろ）」につながっていく。

39

笛《ふえ》吹《ふ》き男の町

理由→なぜ？

ドイツにて。

「メルヘン街道ってすごい長いんだねぇ。」

ホテルでもらった地図を広げると、ミソラはぐっと地図に顔を近づけた。

「ホントだ。全部たどるのは無理っぽいから……目についたところを回ろう！」

「よーし、観光するぞ～。」

あたしとミソラは日本の同じ音楽大学に通う3年生、管楽器専攻《せんこう》。ミソラはフルートで、あたしはピッコロだ。2人でドイツにやって来たのはドイツで開催《かいさい》される音楽コンクールに出場するためなんだ。きのう予選が終わって——残念ながら2人ともあさっての本選には進めなかった。せっかくだから本選は見るつもりだけど。あたしはピッコロが入ったリュックをそっとなでた。なんとなく、ホテルに置いてくる気になれなかったのだ。

ま、今日は1日お休みってわけ。

1年のときからドイツ語を勉強してるから、言葉はまあまあわかる。

ドイツといえば――『グリム童話』で有名なグリム兄弟が生まれた国。『グリム童話』って、グリム兄弟があちこちで聞き集めた伝説をまとめたものなんだよね。だから、『ブレーメンの音楽隊』とか『いばら姫《ひめ》』の舞台《ぶたい》になった名所がいっぱいある。

「ね、『ハーメルン』って。あの『ハーメルンの笛吹《ふえふ》き男』の街だよね？」

ミソラが地図の上の方を指した。

「そうだ、まちがいない！」

『ハーメルンの笛吹《ふえふ》き男』って、こわい話なんだよね。

ネズミの被害《ひがい》に困《こま》ってるハーメルンに、一人の男がやって来て。男が笛を吹《ふ》くとネズミがみんなついていって、ネズミは川でおぼれて死んじゃうの。ところが、町の人は、約束の退治《たいじ》のお礼をはらわなかったんだ。で、男が別の笛を取り出して吹《ふ》くと——町中の子どもたちが男についていって二度ともどってこなかったっていう。

「近いし、ここ行ってみようか。あたしたち、『笛吹《ふえふ》き女』だし！」

「そうしよ！」

じつは『ハーメルンの笛吹《ふえふ》き男』って実話だったっていわれてるんだよね。これもグリム兄弟が書いた『ドイツ伝説集』にのってるらしい。

ドイツの古い文献《ぶんけん》にも「たくさんの子どもたちが失踪《しっそう》した」話が残ってるんだって。こっちはどれも少しずつ話がちがうし、ネズミは出てこなかったりするんだけど、130人もの子どもがいなくなったのは共通してるんだって。

ハーメルンの町に入ると、ミソラが足元にスマホのカメラを向けた。

「見て、歩道にネズミのマークが描《か》いてある！」

「なんかかわいい！　あそこのアーチには行列になって歩いてく子どもたちのレリ

ーフがあるよ。」

さすが観光地。あっちにもこっちにも、ネズミ、笛吹《ふえふ》き男、子どもたちの飾《かざ》りものがいっぱいだ～。

ハーメルン博物館っていう建物もあるんだね。

「『ネズミ捕《と》り男の家』まであるんだけど？」

「まさか、これは本物じゃないよね？」

「あ、これレストランだよ！　『ネズミのシッポ』っていうメニューがあるけど。入ってみる？」

あたしたちはレストランに入ってみた。でも、『ネズミのシッポ』はランチでは出さないそうで、ここでお昼を食べるのはやめた。

そのかわり、ネズミの形のグミがあったから買ってみた。友だちへのおみやげにしようと思って。

「見てみて～！」

ミソラが、ネズミのグミの長～いシッポをくわえてピースサインをする。

「あたしもやる。2人で写真撮《と》ろう!」

町ゆく人たちが、ネズミを口からぶら下げたあたしたちを見てニコニコ笑ってる。

あたしはグミをかみながら言った。

「笛《ふえ》吹《ふ》き男って、どんなメロディーを吹《ふ》いたのかなぁ?」

「おっ、さすが音大生らしい発想!」

あたしはリュックからピッコロを取り出して、即興《そっきょう》のメロディーを吹《ふ》いてみた。

「たとえば……こんな感じ?」

すると――急にまわりの人たちがけわしい顔になったんだ。


?

なぜまわりの人たちは顔色を変えたのだろうか。想像《そうぞう》してみよう。

解《かい》説《せつ》

主人公たちは「舞楽禁止通り《ぶがくきんしどおり》」に足を踏《ふ》み入れていた。ここは、ハーメルン博物館やレストランのある観光のメインストリートからすぐの横丁の道。この通りは笛《ふえ》吹《ふ》き男が子どもたちを連れ去ったときに通った道といわれているため、いっさい音楽を演奏《えんそう》したり踊《おど》ったりしてはいけないのだ。主人公は、伝説にちなんだものがたくさんあるから、むしろ周囲《しゅうい》の人に喜《よろこ》ばれるんじゃないかと思っていた。2人は異《い》様《よう》な視線《しせん》を感じてあわてて通りから走り去り、あとでこの事実を知って冷や汗《あせ》をかいたのだ。

『ハーメルンの笛《ふえ》吹《ふ》き男』のお話は、1284年にこの地で本当に起こった「子どもたちの集団失踪《しゅうだんしっそう》」をもとに書かれたそうだ。大勢《おおぜい》の子どもたちがいなくなったことについてはさまざまな仮説《かせつ》があり、「祭りの夜に底なし沼《ぬま》に落ちた」「町が食糧《しょくりょう》不足になったので、ほかの町に移住《いじゅう》した」などが有力な説として語られている。

40

富《ふ》士《じ》山《さん》で初日の出

理由↓なぜ？

床《ゆか》に座《すわ》りこんで黄色いザックに着《き》替《が》えの服を詰《つ》めながら――あたしは、台所にコーヒーをいれに来た夫のカンタを見上げて笑いかけた。

「あ～、ついに富《ふ》士《じ》山《さん》頂《ちょう》で初日の出を見られるんだね。これもカンタのおかげだよ。」

カンタは「そんなに感激《かんげき》するとは思わなかったよ」と笑う。

「日本一の山の頂上《ちょうじょう》から初日の出をおがむの、あこがれだったからね。カンタが登山の経験者《けいけんしゃ》でよかった。」

「いやいや。よゆうのあるスケジュールを組めば初心者でも登れるから。」

カンタが立てた予定によれば、富《ふ》士《じ》山《さん》の5合目まではバスで行く。お昼に着いて食事をしたら山小屋を目指す。お昼休憩《きゅうけい》は2時間もとってある。

「ここで2時間休憩《きゅうけい》するって、だいぶ長くない？　まだ全然歩いてないのに。」

「高地に体を慣《な》れさせるためなんだ。『高地順応《じゅんのう》』っていってね。ぼくらがめざす5合目は標高2300メートルほどある。高山病を起こす可能性《かのうせい》もある高さだからね。」

カンタによれば、標高2000メートル以上では気圧《きあつ》が低く、大気中の酸素濃度《さんそのうど》もうすくなっている。平地から急に高地に行くと、体がついていかなくなるそうだ。

「気圧《きあつ》ねぇ……。低気圧《ていきあつ》の日は眠《ねむ》いとか頭が痛《いた》くなるって人がいるけど。」

「そう、それ。気圧《きあつ》はかんたんにいうと『空気の押《お》す力』だ。ふだんぼくらが暮《く》らす平地でも、人間は空気に押《お》されてる。でも、人間も同じくらいの力で体の中から押《お》し返しているから、圧力《あつりょく》を感じていないんだ。低気圧《ていきあつ》になると、空気が体を押《お》す力は弱くなる。外からの圧力《あつりょく》が減《へ》ると体内では空気をふくむ組織《そしき》や血管がふくらむ。それが頭痛《ずつう》や体の不調を起こす原因《げんいん》の一つになるんだって。」

「ふーん。」

後半の説明はよくわからなかったので、あいまいにうなずきながらあたしは手を動かした。おやつに持っていくのはチョコレートにグミ。ポテトチップはのり塩味にするかコンソメ味にするか。疲《つか》れてるときにポテトチップを食べると元気になるんだよね。両方持ってっちゃお。まだ入るな。チョコビスケットのちっちゃい袋《ふくろ》も入れとこう……。

ザックにおやつを詰《つ》めこんでいると、カンタがまゆをひそめた。

「それ、減《へ》らした方がいいよ。あとで入らなくなるから。」

「え？　でも、入ったし。とちゅうで食べるから荷物は減《へ》るけど？」

すると、カンタは紙の筒《つつ》に入ったポテトチップをほうって寄《よ》こしたんだ。

「じゃ、袋《ふくろ》のポテトチップの代わりにこっちにするんだね。」

?

カンタが主人公に紙の筒《つつ》に入ったポテトチップをわたしたのはなぜだろうか。

解《かい》説《せつ》

気圧《きあつ》が低い場所では、ポテトチップなどの袋《ふくろ》はパンパンにふくらんでしまうからだ。密封《みっぷう》された袋《ふくろ》はなんでもふくらむが、空気がたくさん入っているほど特に大きくふくらむ。標高の高い山だけでなく、ポテトチップの袋《ふくろ》を飛行機に持ちこんだ場合も同じことが起こる。だいたい高度2000メートルくらいからふくらみ始めるが、破裂《はれつ》することはないし、中の食品には異常《いじょう》はない。ふくらんだ袋《ふくろ》は、平地にもどれば元通りになる。

ちなみに低気圧《ていきあつ》のときに体調が悪くなるのは、環境《かんきょう》の変化で自律神経《じりつしんけい》がバランスをくずすためでもあり、気圧《きあつ》が高いときにも同じような症状《しょうじょう》は起こる。

日本一高い山、富士山《ふじさん》の高さは3776メートル。主人公は富士山《ふじさん》の山頂《さんちょう》で、ふくらんだビスケットの袋《ふくろ》を持って記念撮影《さつえい》したという。

41

温《おん》泉《せん》サプライズ

理由↓なぜ？

「なぁ、いっしょに温泉《おんせん》行かね？　２泊《はく》の予定なんだけど、友だちが急に行けなくなっちゃってさ。」

タクジが声をかけてきたのはすごくいいタイミングだった。大学2年の夏休み、オレはバイトをつめこみすぎたことを後悔《こうかい》してた。同級生はバイトや部活をやりつつも、うまいこと調整して花火大会とか旅行とか青春を楽しんでるってのに。なんかつまんないよな。と、思ってたら突然《とつぜん》バイト先のカフェがつぶれ、超《ちょう》ヒマになったんだ。

タクジは旅好きで、長い休みじゃなくてもしょっちゅうどこかに出かけてる。修《しゅう》学《がく》旅行以外で旅行なんて行ったことのないオレとは大ちがいだ。

「で、どこに行くの？」

「大分県《おおいたけん》だよ。」

大分《おおいた》が「おんせん県」といわれてるのはさすがに知ってる。別府温泉《べっぷおんせん》とか湯布院《ゆふいん》温泉《おんせん》とか有名な温泉地《おんせんち》もあるし。

「温泉《おんせん》の湯っていろんな種類があるんだろ？」

こう言うと、タクジはいたずらっぽく笑った。

「ああ。2泊《はく》3日でいろんな温泉《おんせん》に入りまくる予定だ。どんな温泉《おんせん》に入るかは、まぁその場のお楽しみってことで！」


「へぇ、露天風呂《ろてんぶろ》か。いいなぁ！」

初日に行ったのは山道を登った先にある温泉《おんせん》だ。まわりは山しか見えないし、オレたち以外には客がいない。タクジにうながされ、石をくりぬいたような形の温泉《おんせん》に近づいた。湯は透明《とうめい》だしにおいもしないし、特に変わった湯には見えない。

さて、かけ湯で体を洗《あら》って、と。

しかし――木おけに湯をくみ、ザブンとかぶったオレはぶったまげたんだ。

「冷てぇぇぇ～っ！　水じゃん！」

ふり向くとタクジは爆笑《ばくしょう》していた。


この温泉《おんせん》はなぜ「水」なのだろうか。

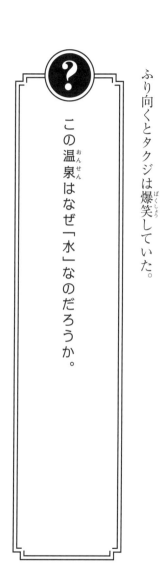

解説《かいせつ》

温泉《おんせん》といえば、だれでも「お湯」だと思うだろう。だが、じつは温泉《おんせん》は「温かい」とは限《かぎ》らないのだ。

日本の「温泉法《おんせんほう》」という法律《ほうりつ》で定められた条件《じょうけん》は以下の通り。地中からわき出てくる温水、鉱水《こうすい》、水蒸気《すいじょうき》、ガス。そのうち、「温泉源《おんせんげん》から採取《さいしゅ》されたときの温度が25度以上」か、「決められた、医学的に体によい効果《こうか》のある成分が基準値《きじゅんち》以上ふくまれること」。

入浴施設《しせつ》では、38〜39度を「ぬる湯」、42〜43度を「あつ湯」とするのが一般的《いっぱんてき》。標準《ひょうじゅん》は40度くらいなので、25度はだいぶ冷たい。また、25度以下でも「決められた成分（フッ素《そ》イオン、ラドンなど19種類）が規定量《きていりょう》以上ふくまれていれば、「温泉《おんせん》」とみなされるのだ。「冷たい温泉《おんせん》」を味わうのは夏ならではの楽しみ。タクジのしかけたサプライズに主人公はビックリしたが、いろいろな湯につかってすっかり温泉《おんせん》好きになったのである。

42

ニューヨークから愛をこめて

理由↓なぜ?

「アメリア、次に会うときは20回目の結婚《けっこん》記念日だね。着くのは朝早くになりそうだ。きみは夜勤《やきん》から帰って寝《ね》てる時間だから連絡《れんらく》はしないよ。」

12月に入ったばかりの日、ルークはそう言って旅立っていった。インフルエンザにかかった同僚《どうりょう》の代理で、急に日本に出張《しゅっちょう》することになったのだ。

まぁ、ちょうど結婚《けっこん》記念日に帰れる日程《にってい》でよかった! 結婚《けっこん》記念日はいつもちょっといいレストランに出かけるからね。

そして……あたしはちょっとしたサプライズを考えていた。

ルークのSNS《エスエヌエス》をチェックすると、ケネディ空港で撮《と》ったらしい写真がアップされていた。「これから14時間のフライト。東京《とうきょう》とニューヨークの時差は14時間だから、着いたら翌日《よくじつ》の午後1時だな」ってコメントとともに。

なるほど。東京《とうきょう》までは飛行機で14時間もかかるのね。

これこそ、あたしが知りたかった情報《じょうほう》！

あたしは毎日、愛する夫のSNS《エスエヌエス》をチェックしていた。彼《かれ》は日ごろからSNS《エスエヌエス》をマメに更新《こうしん》するほうじゃないから、せいぜい日本で食べたお寿司《すし》とか牛丼《ぎゅうどん》の写真をのせてるくらいだ。

そして5日目の夜、いよいよ待ちに待った情報《じょうほう》がアップされた。

「さようなら東京《とうきょう》！　朝9時に成田空港を飛び立つ。一路ケネディ空港へ！」。

あたしは電卓《でんたく》ですばやく計算した。片道《かたみち》14時間ということは、ケネディ空港に朝9時に着くはずだ。

ふつうなら金曜は……病院の夜勤《やきん》を終え、朝7時ごろ帰宅《きたく》して寝《ね》る。それがあたしのパターンだ。だけど、あたしは今日はあらかじめ休みにしてあった。いきなり空港にルークを出迎《でむか》えてびっくりさせるために。

ケネディ空港内のカフェでコーヒーを飲みながら、あたしは腕時計《うでどけい》をながめていた。たぶん8時50分に着く日本からの直行便に乗ってるんだろう。

ところが——そのときルークから電話がかかってきたんだ。

「アメリア、どこにいるの？　仕事が長引いてるのかい？」

ルークは家から電話をかけてきていた。空港には8時に着いたんだって。なんてこと⁉　あたしの計算は絶対《ぜったい》まちがってないはずなんだけど。

？

時差を考慮《こうりょ》したアメリアの計算はまちがっていない。では、ルークはなぜ1時間も早く空港に着いたのだろうか。

解《かい》説《せつ》

行きと帰りではかかる時間がちがうから。ニューヨークから東京《とうきょう》へは14時間かかるが、東京《とうきょう》からニューヨークへは13時間で着くのだ。1時間も差が生まれるのは「ジェット気流」の影響《えいきょう》である。

飛行機は高度10キロくらいの雲の上を飛ぶ。上空は空気がうすく、空気抵抗《ていこう》が弱まるので速く飛ぶことができる。この、飛行機が飛んでいるあたりの上空では、つねに偏西風《へんせいふう》（西から吹《ふ》く風）が吹《ふ》いている。偏西風《へんせいふう》のなかで、圏界面《けんかいめん》（大気圏《たいきけん》のうちの対流圏《たいりゅうけん》と成層圏《せいそうけん》の境目《さかいめ》）の近くでもっとも強く吹《ふ》く風が「ジェット気流」である。かんたんにいうと、ニューヨークから東京《とうきょう》へ行く方向では向かい風だが、帰りは追い風だから1時間も早く到着《とうちゃく》できるのだ。

アメリアは急いで家に帰った。サプライズ出迎《でむか》えは失敗したもののルークはアメリアの気持ちに感激《かんげき》し、2人は幸せな結婚《けっこん》記念日を過《す》ごしたという。

43

降《ふ》り積もる灰《はい》

理由→なぜ？

「今日もよく降《ふ》るなぁ。」

晴れた日にこう言ってカサをさす。そんなことがありえるのが鹿児島《かごしま》なんだなぁ。桜島《さくらじま》が噴火《ふんか》して街に火山灰《かざんばい》が降《ふ》る光景をニュースで見たことはあって「たいへんだなぁ」って思ってた。いざ実際《じっさい》に体験すると——まわりの人が全然驚《おどろ》かないことに驚《おどろ》いちゃう！

あたしは今年、社会人デビューしたばかり。知り合いのいない鹿児島《かごしま》に転勤《てんきん》になってとまどうことばかり。会社の寮《りょう》に住んでて、おとなりは地元っ子のヨウちゃんだから心強いけどね。

「火山灰《かざんばい》がひどいときはマスクしてね。あと、目も守ってね。火山灰《かざんばい》は細かくても角が鋭《するど》い破片《はへん》みたいなのがあって、目をキズつけることがあるの。サングラスいっぱいあるからあげるよ」って、花粉防止《かふんぼうし》グラスをくれたりさ。

火山灰《かざんばい》は「灰《はい》」といっても、木や紙が燃《も》えたあとの灰《はい》とはちがうんだって。熱いマグマが泡立《あわだ》って軽石みたいな石ができて、それが細かくくだけたカケラなんだ。

次の日、あたしとヨウちゃんは2人でそうじ当番でさ。まぁ、寮《りょう》のまわりだけでもすごい量の火山灰《かざんばい》。火山灰《かざんばい》を捨《す》てるときは専用《せんよう》の「克灰袋《こくはいぶくろ》」に入れる。「灰《はい》を克《こく》服《ふく》する」って意味でついた名前なんだって。

「灰《はい》まみれの生活に、あたしもそのうち慣《な》れるかな?」って言ったら、ヨウちゃんは明るく笑った。

「慣《な》れる、慣《な》れる。火山灰《かざんばい》が積もったシラス台地のせいでお米が作れなかったりしてもさ。昔の人はそのかわりにサツマイモとか桜島《さくらじま》ダイコンとか、乾燥《かんそう》した土壌《どじょう》に向いた名産品を育ててきたんだからね。きっと、これからもっと火山灰《かざんばい》の活用法が研究されていくと思うんだ。」

それにしてもはいてもはいても灰《はい》が出てくる。

ムキになってはいてたら、ヨウちゃんが克灰袋《こくはいぶくろ》をしばりながら言う。

「そんなにがんばらなくていいよ。どうせまた降《ふ》るんだし。」

「そっか。まぁ、火山灰《かざんばい》の活用法が増《ふ》えてもそうじの手間だけは変わらなそうだよね。」

すると、ヨウちゃんは言ったんだ。

「そういえばこの火山灰《かざんばい》、昔からそうじに使われてきたんだよ。」


火山灰《かざんばい》はそうじにどのように役立つのだろうか。

解《かい》説《せつ》

火山灰《かざんばい》は小さな石の粒《つぶ》のこと。直径2ミリ以下のものが火山灰《かざんばい》と呼《よ》ばれる。一つひとつがとがっているので、車に積もった火山灰《かざんばい》をそのままふき取るとガラス窓《まど》や車体の表面をキズつけることがある。そのザラザラ感は「磨《みが》き粉《こ》」にうってつけ。古くから活用されており、今では台所のシンク、お鍋《なべ》やコンロのコゲ落とし用のクレンザーに使われている。鹿児島県《かごしまけん》に降《ふ》り積もる火山灰《かざんばい》は年間100トンを超《こ》えることもめずらしくない。水をふくむとねばり気が強くなる特性《とくせい》から、火山灰《かざんばい》で陶器《とうき》を作るなどの活用法も考えられてきた。

鹿児島《かごしま》では、火山の噴火《ふんか》は日常的《にちじょうてき》だが、もちろん大きな災害《さいがい》につながることもある。火山現象《げんしょう》の中でも生命の危険性《きけんせい》が高いのは大きな噴石《ふんせき》の飛散、火砕流《かさいりゅう》など。火《か》山灰《ざんばい》が積もったあとに大雨が降《ふ》ると、土石流が発生しやすくなる。居住地域《きょじゅうちいき》の特徴《とくちょう》をよく知り、いろんな視点《してん》から考えていくのが大事である。

44

貝《かい》塚《づか》の不思議

発《はっ》掘《くつ》↓なぜ？

昼休みの職員室《しょくいんしつ》で。

モロハシ先生はお弁当《べんとう》を食べ終わると、ひと口残しておいたカップのおみそ汁《しる》を飲み干《ほ》した。

それから貝がらを一つずつおはしでつまみ上げてながめ、空《から》のお弁当箱《べんとうばこ》に移《うつ》す。

アサリが大好物なので、まだ中に身がついたままのが残っていないか、こうして確《かく》認《にん》していたのである。


「モロハシ先生、そんなにアサリ好きなんだぁ。」

「あはは、モロハシ貝塚《かいづか》だ！」

先生がふり返ると、カンナとニノが笑っていた。

「なかなかシブいじょうだんを言うね？」

カンナはうれしそうに言う。

「あたし、小学校低学年のころ千葉《ちば》に住んでたの。千葉県《ちばけん》って、今まで発見されてる貝塚《かいづか》の数が日本一多いんだよ。なかでも最大級の貝塚《かいづか》っていわれてる加曽利貝塚《かそりかいづか》に見学に行ったことあるんだ。」

貝塚《かいづか》とは、古代の人たちが食べた後の貝がらが厚《あつ》く積もってできた遺跡《いせき》である。

ニノも負けずに口を開く。

「あたしも！　小学生のとき、青森県《あおもりけん》の三内丸山遺跡《さんないまるやまいせき》に行ったことある。『縄文《じょうもん》体験イベント』っていうのに参加したんだ。そこではクリとかクルミとかがいっぱい出土してるんだ。木の実の栽培《さいばい》が盛《さか》んだったらしいよ。」

三内丸山遺跡《さんないまるやまいせき》は大人数の集落があったと考えられている。

竪穴住居《たてあなじゅうきょ》やお墓《はか》の遺跡《いせき》から、人々《ひとびと》が定住して集団《しゅうだん》生活を営《いとな》んでいたことがわかるのだ。

復元《ふくげん》された建物のなかでも特に有名なのは、高さ14・7メートルの「大型掘立柱《おおがたほったてばしら》建物《たてもの》」だ。

見張《みは》り台なのか神殿《しんでん》だったのか――いまだに用途《ようと》ははっきりしていない謎《なぞ》の建物だが、古代への想像《そうぞう》をかきたてられる。

モロハシ先生はうなずいて言った。

「遺跡《いせき》からは当時の人の暮《く》らしぶりがよくわかるよね。土器や石器とかの道具や、装飾品《そうしょくひん》とか。それに、同じ縄文《じょうもん》時代でも土地によって食べていたものがちがうからおもしろい。」

すると、ニノが不思議そうな顔をした。

「でもさ、なんで三内丸山遺跡《さんないまるやまいせき》のことは『三内丸山《さんないまるやま》木の実塚《づか》』っていわないわけ？　加曽利貝塚《かそりかいづか》はなんで『加曽利遺跡《かそりいせき》』って呼《よ》ばないんだろ？」

「貝塚《かいづか》にはほかの遺跡《いせき》とはちがう特徴《とくちょう》があるからだろうね。カンナさん、ニノさん、大森貝塚《おおもりかいづか》って知ってる？」

2人はうなずいた。

「大森貝塚《おおもりかいづか》って、東京《とうきょう》だよね。」

「そうそう、教科書にのってた！」

「明治《めいじ》時代にアメリカ人のモースさんが見つけた貝塚《かいづか》だね。ここは日本で初めて遺《い》跡《せき》の本格的《ほんかくてき》な調査《ちょうさ》が行われた場所だ。このとき、モースさんは蒸気《じょうき》機関車《きかんしゃ》に乗っていてね。窓《まど》から外を見たときにたまたまがけに貝がらが積み重なっているのを見つけたんだって。」

ニノは、モロハシ先生が積み上げた貝がらをじっと見つめる。

「そんなに？　機関車の中から見て目についちゃうくらいの貝がらがあったんだ。でも、ふつうのゴミって長い間土にうまってたら分解《ぶんかい》されちゃってなくなるはずじゃない？」

「ホントだ。縄文《じょうもん》時代っていったら、紀元前《きげんぜん》1万3000年ごろから1万年くらい続いたんだよね。なんで貝がらは残ってるんだろ？」

モロハシ先生はそれには答えずに、ちょっと考えて言った。

「遺跡《いせき》の出土品といえば、食べ物や土器、土偶《どぐう》や装飾品《そうしょくひん》などだね。だけど、貝塚《かいづか》に共通するのは、そのほかに意外なものが見つかっていることだ。」
モロハシ先生は2人の顔をうかがった。

貝塚《かいづか》から出土する意外なものとはズバリ何だろうか。

解《かい》説《せつ》

人間の骨《ほね》である。貝塚《かいづか》では、ほかの遺跡《いせき》ではあまり出土しない人骨《じんこつ》や動物の骨《ほね》が、よい状態《じょうたい》で見つかるのだ。これは貝がらの成分の作用のため。火山が多い日本の土は、酸性《さんせい》になっていることが多い。骨《ほね》を土の中にうめれば、長い時間をかけて自然に分解《ぶんかい》されるのがふつうだ。だが、貝がらにふくまれる炭酸《たんさん》カルシウムには、土の酸性度《さんせいど》を中和する効果《こうか》がある。だから、貝塚《かいづか》では人骨《じんこつ》や動物の骨《ほね》でつくられた装飾《そうしょく》品《ひん》などがよい状態《じょうたい》で残りやすいのだ。貝がらは農地を改善《かいぜん》する肥料《ひりょう》にも活用されている。

貝塚《かいづか》は、かつては「大昔のゴミ捨《す》て場」と考えられていた。だが、遺体《いたい》を生活ゴミといっしょに捨《す》てるとは考えにくい。同じ場所から土器や装飾品《そうしょくひん》が出ることからも「亡《な》くなった人をまつる場所だったのではないか」とする説が有力視《ゆうりょくし》されつつある。

45

鎌《かま》倉《くら》大《だい》仏《ぶつ》に会いに

理由→なぜ？

「このバスでいいんだよな？」

「うん、合ってる。だいじょうぶだ。」

オレとカネダはいそいそバスに乗りこんだ。鎌倉《かまくら》（神奈川県《かながわけん》）って初めて来た。山梨県《やまなしけん》の中学3年生にとってはちょっとした小旅行だ。

オレたちの目的は、有名な「鎌倉《かまくら》の大仏《だいぶつ》」。だから、駅で待ち合わせしてる人たちも、みんな大仏《だいぶつ》を見に行くみたいに思いこんでたけど。よく見りゃ、アロハにサングラス、ビーチバッグを持っていかにも「これから海水浴」ってカッコの人がいっぱいだ。そっか、ここって海が近いんだ。

「海、いいよなぁ。」

カネダもオレと同じことを考えてたらしい。オレらの地元は山梨《やまなし》。「山なし県」ならぬ「海なし県」だ。海なし県とは、海に面していない地域《ちいき》を指す。栃木県《とちぎけん》、群馬県《ぐんまけん》、埼玉県《さいたまけん》、山梨県《やまなしけん》、長野県《ながのけん》、岐阜県《ぎふけん》、滋賀県《しがけん》、奈良県《ならけん》。この8県の人たちは、ビーチでキャッキャする青春からほど遠いわけだな。

オレは軽くカネダをこづいた。

「海に行くならおまえと2人なんてやだよ！」

「そりゃそうだ。」

なんて言ってる間にバスは発車した。


オレとカネダが大仏《だいぶつ》に興味《きょうみ》を持ったのは、修学旅行《しゅうがくりょこう》で奈良《なら》の東大寺《とうだいじ》の大仏《だいぶつ》にビビッと来たからなんだ。

デカかったなぁ。

台座《だいざ》を入れると高さ18・03メートルだって。

「ってことはガンダムくらいかよ！」

って言ったら、「え、スゲー！」って一番リアクションよかったのがカネダ。信じられないけどガンダム知らないヤツとかいるんだよ。「機動戦士《きどうせんし》ガンダム」は巨大《きょだい》ロボットのような兵器が戦うアニメの名前な。昭和《しょうわ》の作品だけど令和の今でもシリーズ作品が作られてるくらいだから一般常識《いっぱんじょうしき》だぜ。

大仏《だいぶつ》ってなんで作られたかっていうとさ。疫病《えきびょう》がはやったり自然災害《さいがい》が起こったりするのを仏《ほとけ》の力でおさえるっていう意図なんだって。今の人間からすると「はぁ？」って思っちゃうけど。昔って、政治《せいじ》の場で占《うらな》いが重んじられたりしてたくらいだしな。

でも、大仏《だいぶつ》を見ると「本気」は伝わってきたね。すっごい威厳《いげん》あるけど、やさしい顔で。安心するっていうのかな。当時、この大仏《だいぶつ》が人々《ひとびと》の心の支《ささ》えになったんなら、効果《こうか》あるってことだよな。

オレとカネダは「大仏前《だいぶつまえ》」のバス停《てい》で降《お》りた。

バス停《てい》からすぐの、高徳院っていうお寺に入ると――！

「いたー！」

カネダがはしゃいだ声を上げる。「あった」っていうか「いた」って感じだよな。

境内《けいだい》の真ん中にどっしり座《すわ》ってる。

こちらは台座《だいざ》を入れた高さが13メートルちょいで、奈良《なら》と比《くら》べると少し小さい。

といっても、作ること想像《そうぞう》したらじゅうぶんデカいけどな。

奈良《なら》の大仏《だいぶつ》は右の手のひらをバーンと前に出してるけど、こっちは両手をあぐらをかいた足の上にのせてておだやかなムードだ。

瞑想《めいそう》のポーズっていうらしい。

「同じ大仏《だいぶつ》でもずいぶん雰囲気《ふんいき》ちがうな。」

大仏《だいぶつ》のまわりを一周しながらカネダが言った。

オレは写真を撮《と》ろうとスマホを出す。

真っ青な夏空を背景《はいけい》に大仏《だいぶつ》をフレームにおさめたオレは、重要なことに気づいた。

「奈良《なら》の大仏《だいぶつ》は木造《もくぞう》の大仏殿《だいぶつでん》の中にいるけど、この大仏《だいぶつ》は屋外なんだな！」

「そういえばこの大仏《だいぶつ》、緑っぽいけど……もしかしてサビてる？」

ホントだ。雨にぬれてサビたんだな。

「大仏《だいぶつ》はありがたい存在《そんざい》だろ。なんで鎌倉《かまくら》の大仏《だいぶつ》には大仏殿《だいぶつでん》がないんだ？」

オレたちは仮説《かせつ》を立ててみた。「神奈川の人はクールなのかも」とか「もともと青空が似合《にあ》うと思ったから」とか。

だけど、理由はそんなんじゃなかった。

鎌倉《かまくら》の大仏《だいぶつ》が屋外にあるのは――地理と深い関係があったんだ。


大事にされているはずの大仏《だいぶつ》が屋外にあるのはなぜだろうか。

解説《かいせつ》

現存《げんそん》する「鎌倉大仏《かまくらだいぶつ》」は、1252年（鎌倉《かまくら》時代）に鎌倉幕府《かまくらばくふ》によってつくり始められたといわれる。じつは鎌倉《かまくら》の大仏《だいぶつ》も、当初は奈良《なら》の大仏《だいぶつ》と同じように大仏殿《だいぶつでん》の中にあった。だが、大仏殿《だいぶつでん》は鎌倉《かまくら》時代・室町《むろまち》時代の台風、地震《じしん》、津波《つなみ》によって何度も倒壊《とうかい》した。それで1498年（室町《むろまち》時代）以降《いこう》、500年以上も雨ざらしになり、緑青《ろくしょう》（サビの一種）だらけになっているわけだ。だが、開放的な青空の下で見る大仏《だいぶつ》には独特《どくとく》の魅力《みりょく》がある。「鎌倉大仏《かまくらだいぶつ》」は、高徳院《こうとくいん》の本尊《ほんぞん》。正式名は「銅造阿弥陀如来坐像《どうぞうあみだにょらいざぞう》」だ。大仏《だいぶつ》の本体は高さ約11メートル。

一方、聖武天皇《しょうむてんのう》によって建立《こんりゅう》された「奈良大仏《ならだいぶつ》」の完成は752年（奈良《なら》時代）。東大寺《とうだいじ》の本尊《ほんぞん》。正式名は「盧舎那仏坐像《るしゃなぶつざぞう》」。大仏《だいぶつ》の本体は高さ約15メートル。こちらの大仏殿《だいぶつでん》は2度焼失しており、現存《げんそん》する大仏殿《だいぶつでん》は江戸《えど》時代に再建《さいけん》されたものだ。

46

かっこいいサメ

理由→なぜ？

「どう？　コウキくんと仲よくしてる？」

おばあちゃんに聞かれて、ぼくは思いっきり鼻にシワを寄《よ》せた。

「全然。だって、あいつすっげー感じ悪いんだもん！」

コウキっていうのは、ぼくのいとこ。同い年だ。遠くに住んでて会ったことなかったんだけどさ。小学3年に上がるタイミングで、鳥取《とっとり》からぼくの住んでる宮城県《みやぎけん》の超近所《ちょうきんじょ》に引っ越《こ》してきた。

転校生だからいとこといっしょにしようってことになったのかなぁ。同じクラスになっちゃった。

「どんなふうに感じが悪いの？」

「絶対《ぜったい》自分が上になろうとすんだよ。ぼくの筆箱を『かっこ悪い』って悪口言ってさ。自分のサメの絵の筆箱を『かっこいいだろ』って自慢《じまん》すんの。あと、いつもリレーの選手になってたとか、牛乳《ぎゅうにゅう》を2本飲めるとか。あ、でも……前にさ。ぼくが『イギリス海岸に行った』って話をしてたら、そのときはなんかうらやましそうな顔してさ。『おまえ、イギリス行ったことあんの？』って聞いてきた。」

おばあちゃんはクスクス笑った。

「イギリス海岸」はイギリスではないし、海岸でもない。岩手県《いわてけん》出身の童話作家である宮沢賢治《みやざわけんじ》が「イギリスのドーバー海峡《かいきょう》の海岸みたいだから」という理由で名づけた場所だ。岩手県《いわてけん》の北上川《きたかみがわ》と瀬川《せがわ》の合流地点近くの川岸のことである。

「教えてあげたの？　ホントはイギリスじゃないって。」

「ううん。おもしろいからだまってた。そしたらあいつ、『イギリスか～。オレはハワイ海水浴場なら行ったことあるけど』って、また自慢《じまん》してくんの。コウキはいつもそういう感じだよ。」

♪ピンポーン
「あら、着いたみたいね。ほら、あんたもお出迎《でむか》えしなくっちゃ。」

おばあちゃんはサッと立ち上がった。ぼくもいやいや後をついていく。

今日は、うちでコウキの一家といっしょに食事をすることになってるんだ。


「早く上がって。ラクにしてね。たいしたもの用意してないけど。」

ママがリビングルームにコウキのパパとママ、コウキを案内する。

コウキのママは、ぼくのママの妹だ。

コウキはぼくをチラッと見たけど、やっぱりニコリともしない。

ママが用意したテーブルの上の料理をだまってジロジロ見回してる。

ふつう、「おいしそう」とか言うよね？

ママは、コウキに向かって笑いかけた。

「これはサメのお刺身《さしみ》なの。こっちはサメのからあげ。」

そしたら、コウキの目の色が変わった。

「全部サメなの？　すごい……。」

そっか。コウキの筆箱、サメだったもんね。こいつ、サメ好きなんだ。

ぼくは思いっきりえらそうに言った。

「あ、サメってめずらしい？　もしかして食べたことなかった？　宮城県《みやぎけん》って日本一サメがとれるんだよ。」

てっきり「すごい！」って言うと思ったのに、コウキは別にうらやましそうにしない。

「サメくらいで何いばってんだよ。オレ、鳥取《とっとり》じゃよくワニを食べてたけど？」

「ワニ？　ワニって……食べられんの？」

日本にワニっているっけ？

気づくと――向かい合うぼくとコウキを真ん中にして、ぼくのパパとママ、コウキのパパとママ、それからおばあちゃんがおもしろそうに見てる。

それから、みんないっせいにふき出した。コウキも。

ぼくが言ったこと、なんか変だった?
そしたら、おばあちゃんが言ったんだ。
「あんたとコウキくん、いとこだけあって似《に》た者同士《どうし》だよ。あんたたち2人、きっと気が合うと思うよ。」

?

コウキが鳥取《とっとり》で食べていたという「ワニ」は何を指しているのだろうか。おばあちゃんは、なぜ2人が似《に》た者同士《どうし》だと言ったのか。

解《かい》説《せつ》

サメの呼《よ》び方は地方によってちがう。関東より北では「サメ」と呼《よ》ぶことが多い。中国地方の山間部ではサメを「ワニ」と呼《よ》ぶのだ。知らない人が聞けば、は虫類のワニを思い浮《う》かべてしまうだろう。鳥《とっ》取《とり》に伝わる昔話「いなばの白うさぎ」に登場する「ワニ」もサメのことだ。サメには「フカ」という呼《よ》び方もある。中《ちゅう》華《か》料理の高級食材「フカヒレ」は、サメのヒレのこと。

鳥《とっ》取《とり》でワニを食べつけていたコウキは、「ワニ＝サメ」だと知っていた。主人公をびっくりさせるため、「ワニ」を持ち出したのだ。しかし、イギリス海岸の説明をしなかった主人公だって「自分の方がすごい」と自《じ》慢《まん》したい気持ちはあったはず。それでおばあちゃんは「似《に》た者同《どう》士《し》」と言ったのだ。ちなみに「ハワイ海水浴場」とは、鳥《とっ》取《とり》県《けん》湯《ゆ》梨《り》浜《はま》町《ちょう》にあるリゾートビーチの名前。かつてその地区にあった「羽《は》合《わい》町《ちょう》」という地名が由来だ。これを知った主人公はおもしろがり、2人は仲よくなったという。

47 一《いっ》瞬《しゅん》の繁《はん》栄《えい》

理由↓なぜ？

縁側《えんがわ》にツバメのフンがいっぱい落ちてるのを見て、あたしは声を上げた。

「しまった。きのう新しい新聞紙しくの忘《わす》れてた！」

うちに初めてツバメが巣を作ったんだけど――ツバメの巣って、縁起《えんぎ》がいいんだって。だから巣立ちまで見守ろうってことになったんだ。ときどき巣から顔を出すヒナはかわいくて同級生もたまに見に来る。フンには困《こま》ってるけどね。

「ほら、これ。」

おじいちゃんは新聞紙を持ってきてくれた。

「1日でもずいぶんフンがたまるよね。あとでそうじしなくっちゃ。」

ため息をつくと、おじいちゃんは笑った。

「ナナミは鳥のフンでできた島を知ってるか？」

オセアニアのナウルっていう国は、サンゴ礁《しょう》の上にアホウドリとかの海鳥のフンが積もって、何万年もかけてできた島なんだって。

「そんなんで土地ができるなんてお得《とく》な感じするなぁ。」

「小学6年生ともなるとそんなことを言うようになるんだな。ナナミは島がほしいか？　ナウルは4、5時間あれば一周できるくらいの小さい島だよ。」

「そのくらいがちょうどいいよ。島、ほしいなぁ。」

「この島にはおもしろい話があってな。なんと、積もったフンとサンゴの石灰《せっかい》が結びついて『リン鉱石《こうせき》』という鉱物《こうぶつ》ができていたのさ。化学肥料《ひりょう》の原料として高く売れるものだ。ナウルの人々《ひとびと》はそれまで農業や漁業を営《いとな》んでいた。まずしい国だったんだね。それがリン鉱石《こうせき》を採掘《さいくつ》して輸出《ゆしゅつ》を始めると超《ちょう》お金持ちの国になったんだ。」

「え！　すごいミラクル・ストーリーじゃん！」

「もうかったお金は国の財産《ざいさん》にするだけじゃなく、国民にも生活費《せいかつひ》を支給《しきゅう》した。それでもお金はあまってるから税金《ぜいきん》はなし。水道料や電気代、病院も学校もタダ。」

「うらやましい～。ナウルの人たち、みんな幸せになったんだね。」

すると、おじいちゃんは意味ありげに言ったんだ。

「いや。これが悲劇《ひげき》の始まりだったんだ。タダより高いものはないんだね。」

まさか……この話におそろしい結末が待ってるなんて、想像《そうぞう》もつかなかったよ。

?

リン鉱石《こうせき》の輸出《ゆしゅつ》でうるおったナウルの栄華《えいが》は長続きしなかった。なぜだろうか。

解説《かいせつ》

100年ほどでリン鉱石《こうせき》がすっかり掘《ほ》りつくされたあと、ナウルの人々《ひとびと》は「リン鉱石《こうせき》がとれる以前の、コツコツ働いていた生活」にもどれなくなったからだ。リン鉱石《こうせき》の存在《そんざい》がわかったのは19世紀《せいき》の終わりごろ。ナウルがドイツの植民地だったころだ。やがてナウルが1968年に独立《どくりつ》をはたすと、国はリン鉱石《こうせき》のおかげでばく大な収入《しゅうにゅう》を得《え》るようになる。世界有数のお金持ち国家になったナウルの人々《ひとびと》は働く必要がなくなった。リン鉱石《こうせき》の採掘《さいくつ》をやっていたのも外国人労働者だ。

1990年代後半ごろにリン鉱石《こうせき》が枯渇《こかつ》することは予測《よそく》されていた。だが、リン鉱石《こうせき》でもうかった資金《しきん》を元手に産業を育てることもできなかった。裕福《ゆうふく》なうちに海外投資《とうし》などでお金を増《ふ》やそうとしたが失敗し、ナウルは経済破綻《けいざいはたん》した。「天然資源《しげん》が枯渇《こかつ》したのはどうしようもないから、また地道に働けばいい」と思うだろうが、そうはいかないのが人間だ。ナウルは今も、どうしたら国を再建《さいけん》できるかを模索中《もさくちゅう》である。

48

長寿《ちょうじゅ》の理由

理由→なぜ？

ここは屋久島《やくしま》。鹿児島県《かごしまけん》の離島《りとう》だ。

わたしはスギの原生林の中に立ちつくしていた。ずいぶん長くぼんやりしてしまったかな。照れかくしに、ガイドさんにたずねてみた。

「原生林って、自然のままの林ってことですか？」

「そうです。木を切られたこともなく、人が手を加えてない森林です。」

会社の夏休みを長めにとって、わざわざ一人でこんなところに来ちゃうなんて自分でも驚《おどろ》きだ。まったくアウトドア派《は》じゃないからね。

だけど最近ね。夜道を一人で歩いてるときなんかに、しみじみ思っちゃうんだ。あれもこれも、ぜーんぶ人間が作ったものなんだよねって。まわりで「人間が作ったんじゃないもの」はなんだろう。ずっと昔からあるものはなんだろう。木とか土とか石とかだよね……って考えてたらさ。

すっごい昔からある木を見てみたくなったの。

人間の文明と関係なく生きてる木を。


「『屋久杉《やくすぎ》』と呼《よ》ばれるのは、この原生林の樹齢《じゅれい》1000年以上のスギです。」

ガイドツアーにたった一人で参加しているわたしに、ガイドさんが話しかけてくれる。

「1000年ってそうとう長生きですよね。」

1000年前って平安《へいあん》時代だよ。気が遠くなっちゃう。

「ふつうのスギは500年くらいが寿命《じゅみょう》なんですよ。」

「え、それもすごいけど……ずいぶんちがうんですね。世話したわけでもないスギがこんなに長く生きられるなんて。ここはよほど土地の栄養がいいんですか?」
するとガイドさんはほほえんで言ったんだ。
「いいえ。むしろ反対で、土地の栄養は少ないんです。」

?

屋久杉《やくすぎ》の寿命《じゅみょう》が長い理由は「土壌《どじょう》に栄養が少ないから」だという。なぜだろうか。

解説《かいせつ》

「屋久杉《やくすぎ》」とは、屋久島《やくしま》の標高500メートルを超《こ》える山地に自生する樹齢《じゅれい》1000年以上のスギのこと。屋久島《やくしま》は全体が花崗岩《かこうがん》で、水には恵《めぐ》まれるものの土壌《どじょう》に栄養が少ない。そのため、スギはとてもゆっくり成長する。密度《みつど》が高くて樹《じゅ》脂《し》が多いことからくさりにくく、長生きで大きく育つのだ。屋久島《やくしま》で一番長生きな「縄文杉《じょうもんすぎ》」と呼《よ》ばれる老木は、樹齢《じゅれい》2000~7000年ともいわれている。

屋久島《やくしま》スギ原生林は1993（平成《へいせい》5）年に、白神山地《しらかみさんち》（秋田県《あきたけん》・青森県《あおもりけん》）とともに日本で初めて世界自然遺産《せかいしぜんいさん》に登録された。

屋久島《やくしま》には豊《ゆた》かな自然が残されており、島の9割《わり》が森林だ。九州最高峰《さいこうほう》の宮之浦《みやのうら》岳《だけ》を筆頭に、1000メートル級の山々《やまやま》が連なることから「洋上のアルプス」と呼《よ》ばれる。

49

恐《おそ》ろしい橋

理由→なぜ？

夏休みになって、初めて高知県《こうちけん》のおじさんの家に泊《と》まりに来てさ。きのうの夜に着いて、疲《つか》れたから早く寝《ね》ちゃって。そしたら、今朝は5時に目がさめちゃった。むりやりカズ兄ちゃんを起こしたらふきげんそうだったけど「探検《たんけん》に行こうよ」って言ったら、起きてくれたんだ。

よかった。一人じゃ迷子《まいご》になりそうだもんね。

5分くらい歩いたら、水がきれいな川があった。

「これは四万十川《しまんとがわ》って川だな。おじさんが言ってた。」

お兄ちゃんが得意《とくい》そうに言った。お兄ちゃんは小学5年になってから、なんか山とか川が好きになったみたいで、やたらいろんな名前を言いたがる。

でさ、すごいのは……その橋なんだよ。

「なんだ、この橋。」

ぼくたちは、橋の前で立ち止まった。

橋なのに欄干《らんかん》がないからつかまるとこがない。

カズ兄ちゃんが「ワッ」てぼくを押《お》すまねをしたから、ぼくはあわててカズ兄ちゃんにしがみついた。

「やめてよ！　落ちるよ！」

橋が低くて、水面はすぐそこだ。よっぽど浅い川なのかなと思ったけど、そうでもないっぽい。

カズ兄ちゃんは言ったんだ。

「この橋さ、いっぱい雨が降《ふ》ったらすぐ沈《しず》みそうだよな。」

そう言われればそうだよね。

カズ兄ちゃんは腕組《うでぐ》みをして、川をながめた。

「わかった！　この橋は、昔、人を死刑《しけい》にするために作られたんだ。罪人《ざいにん》をしばってここからつき落としたんだ。それか、川があふれそうなときに、しばった人をここに立たせて沈《しず》ませたんだ。」

カズ兄ちゃんは、なんてざんこくなことを考えるんだ！

ぼくはすっかりこわくなって、走って帰った。

このことをおじさんに言ったらさ。

おじさんは笑って言ったんだ。

「うん。雨が降《ふ》って水が増《ふ》えたら沈《しず》むように作られたってことは合ってるよ。沈《しず》んだ方がいいんだ。でもな、それは安全のためなんだ。」

？

この橋はあらかじめ水に沈《しず》むことを想定して作られたという。なぜだろうか。

解説《かいせつ》

これは高知県《こうちけん》の四万十川流域《しまんとがわりゅういき》に多く見られる「沈下橋《ちんかばし》」という橋だ。雨で川が増水《ぞうすい》したとき、橋が水に沈《しず》んだら人はわたれなくなる。だが、沈《しず》んでしまえば、流されてきた木が引っかかったり、土砂《どしゃ》に押《お》されて橋がこわれる危険《きけん》が少なくなる。欄干《らんかん》がないのもそのためだ。また、低い橋は安い費用《ひよう》で作れるのもメリットだった。増水《ぞうすい》すると水に沈《しず》むので「沈下橋《ちんかばし》」。徳島県《とくしまけん》、三重県《みえけん》、大分県《おおいたけん》などにもあり、「潜水橋《せんすいばし》」「沈み橋《しずみばし》」とも呼《よ》ばれる。

四万十川《しまんとがわ》は、四国で一番長い全長196キロの川。本流には100本あまりの橋がかかるが、そのうちの22本が沈下橋《ちんかばし》である。

50
シカのフン
理由→なぜ？

「ツユキさん、お願いがあるんだけど。」

文芸クラブの顧問《こもん》のヨシノ先生にろうかで呼《よ》びとめられたのはきのうのこと。

「あのね。文化祭で発行する『古都だより』なんだけど、ツユキさん、もう1本書いてくれないかな？」

『古都だより』は、文芸クラブの3年生だけで作るエッセイ集だ。修学《しゅうがく》旅行で訪《おとず》れた京都《きょうと》・奈良《なら》の名所について、みんなで手分けして書く。場所がかぶらないようにして、中学1年とか2年の子たちが修学《しゅうがく》旅行に興味《きょうみ》を持てるようにしようねって。

それが、原稿《げんこう》が集まってみたら「奈良《なら》公園」の担当《たんとう》がいなかったんだって。

「奈良《なら》公園っていえば、全員が行く名所でしょ？　どうしても入れておきたいんだ。申し訳《わけ》ないけどツユキさんならすぐに書けそうだなと思って。」

そう言われちゃ断《ことわ》れない。そもそもあたし、部長だしね。

奈良《なら》公園は、野生のシカがいーっぱいいるとこ。ここでかわいいシカたちにシカせんべいをあげるのは奈良《なら》のハイライトだ。

「わかりました」って引き受けちゃったけど、じつはあたし、奈良《なら》公園、全然見てないんだよね。

着いて「はい、自由行動」ってなったとき、親友のミクに「ねぇ、こっち来て。相談乗って！」って引っぱっていかれてさ。ミクが「さっきとなりのクラスのヨコタくんに告白《こくはく》された」って言う。

まぁ好きならＯＫ《オーケー》すればいいし、そうでなきゃノーって言えばいい。

ところが、そう単純《たんじゅん》な話でもなくってね。

ミクは同じクラスのサイジョウくんにずっと片思《かたおも》いしてるんだけど、サイジョウくんにはどうやら好きな人がいるっぽい。

ちょうどあきらめようかなと思ってたんだって。で、ミクはヨコタくんのことはまんざらでもない、つきあってもいいと思ってる。

ところが、ミクがバドミントン部でペアを組んでるナコちゃんて子が、ヨコタくんのことを好きかもしれないんだって。もし、ミクがヨコタくんとつきあうことになったら、ナコちゃんがどう思うかって……。

さあ、どうすればいいかって話をしてたら集合時間になっちゃったんだよね。


まぁ、あたし作文得意《とくい》だから。

じつはこれまでにも、見てないこととかやってないこととか、テキトーに書いたことがあるのよ。

「シカがかわいかった！」とか「シカせんべいを袋《ふくろ》から出したら、シカに囲《かこ》まれちゃってびっくり！」とか――そういう話を楽しく演出《えんしゅつ》して書けば一丁上がり。

だけど、せっかくだからなんかおもしろエピソードがほしいよね。

あたしは紅茶《こうちゃ》を飲んで、チョコチップクッキーに手をのばした。クッキーをかじったら大きなチョコチップがポロッと落ちた。拾った瞬間《しゅんかん》、ひらめいたんだ！

「シカのフン」で書こう！

奈良《なら》公園には1000頭以上のシカがいる。つまりフンも大量にある。

「シカはかわいかったけど、大量のフンにはまいった！」みたいなオチにしたらおもしろくなるんじゃない？

シカのフンは動物園で見たことある。ウサギのフンと似《に》てて、小さくてコロコロしてるんだよ。よし、これで行こう！


あたし、小説の才能《さいのう》あるかも。

いい感じでスラスラ、われながらおもしろく書けちゃった。

奈良《なら》公園で外国人の観光客の女の人がそばにいて――彼女《かのじょ》の数珠《じゅず》のヒモが切れて、大きな黒い玉が散らばっちゃった。

集めるのを手伝ってあげようとして絶句《ぜっく》。芝《しば》の上は一面シカのフンだらけで、黒い玉と見分けがつかないんだもん……ていう話。
原稿《げんこう》用紙をわたすと、ヨシノ先生はクスクス笑って読んだ。
やった！　ウケた〜！
と思ったんだけど。
ヨシノ先生は、急にマジメな顔になって言ったんだ。
「ツユキさん。これ、本当の話？」

?

なぜ創作《そうさく》だとバレたのだろうか。

解《かい》説《せつ》

奈良《なら》公園のシカは野生で、ここに生息する1200頭ものシカは国の天然記念物に指定されている。しかし、それだけのシカがいるのに、公園内ではほとんどフンが目につかない。これにはワケがある。奈良《なら》公園には、シカのフンをエサにするコガネムシがたくさんいるのだ。「フン虫」とも呼《よ》ばれるコガネムシはシカのフンにもぐりこみ、1日ほどでフンを分解《ぶんかい》する。フンに産みつけられたハエの卵《たまご》も食べてくれるので、ハエも発生しない。さらに分解《ぶんかい》されたフンは芝《しば》の肥料《ひりょう》に。緑の芝《しば》はシカのエサになる——と、すばらしいサイクルができているのだ。ヨシノ先生は、奈《な》良《ら》公園が主人公が書いたようにはフンまみれでないと知っており創作《そうさく》だと見破《みやぶ》った。主人公はいきさつを白状《はくじょう》し、結局はシカを主人公にした4コママンガを提出《ていしゅつ》した。

広大な奈良《なら》公園の敷地内《しきちない》には東大寺《とうだいじ》、興福寺《こうふくじ》、春日大社《かすがたいしゃ》などの有名スポットがある。春日大社《かすがたいしゃ》にまつられるタケミカヅチノミコトは、鹿島神宮《かしまじんぐう》（茨城県《いばらきけん》）からシカに乗って来たと伝えられ、奈良《なら》公園のシカは神の使いとして大事にされている。

参考文献

『あした話したくなる　すごすぎる47都道府県』山口正／監修（朝日新聞出版）

『大人の博識雑学1000』雑学総研／著（KADOKAWA）

『面白いほど世界がわかる「地理」の本』高橋伸夫・井田仁康／編著（三笠書房）

『面白くて眠れなくなる地学』左巻健男／著（PHP研究所）

『学校では教えない　世界地図の楽しい読み方』ロム・インターナショナル／編（河出書房新社）

『自然のふしぎを解明！　超入門「地理」ペディア』地理おた部（ベレ出版）

『小学生おもしろ学習シリーズ　まんが47都道府県大事典』木村真冬／監修（西東社）

『知れば知るほど面白い！　日本地図150の秘密』日本地理研究会／編（彩図社）

『世界で一番おもしろい地図の読み方大事典』おもしろ地理学会／編（青春出版社）

『世界の国ぐに探検大図鑑』（小学館）

『地名でわかるおもしろ世界史』歴史の謎研究会／編（青春出版社）

『地理が解き明かす地球の風景』松本穂高／著（ベレ出版）

『ドイツ　メルヘン街道夢街道』西村佑子／著（郁文堂）

『不思議MAPS　世界びっくりミステリー』尾崎憲和・葛西陽子／編（日経BPマーケティング）

『マンガでわかる！　中学入試に役立つ教養　地理153』旺文社／編（旺文社）

『モービー・ダック』ドノヴァン・ホーン／著（こぶし書房）

粟生こずえ
（あおう・こずえ）

東京都生まれ。小説家、編集者、ライター。マンガを紹介する書籍の編集多数、児童書ではショートショートから少女小説、伝記まで幅広く手がける。おもな作品に、「3分間サバイバル」シリーズ（あかね書房）、「5分でスカッとする結末 日本一周ナゾトキ珍道中」シリーズ（講談社）、『かくされた意味に気がつけるか？3分間ミステリー 真実はそこにある』『3秒できめろ！ ギリギリチョイス』（ポプラ社）、『そんなわけで国旗つくっちゃいました！図鑑』（主婦の友社）など。『必ず書ける あなうめ読書感想文（改訂版）』（学研プラス）はロングセラーを記録中。

◆装画／村カルキ　◆校正／有限会社シーモア　◆挿絵／つるんづマリー
◆装丁／奈良岡菜摘

3分間サバイバル NEO
地球儀の迷図《メイズ》

2025年3月25日　初版発行

作　粟生こずえ
発行者　岡本光晴
発行所　株式会社あかね書房
〒101-0065 東京都千代田区西神田3-2-1
電話　営業（03）3263-0641
　　　編集（03）3263-0644
印刷・製本　中央精版印刷株式会社

NDC913　255ページ　19cm×13cm

ISBN978-4-251-09689-0

https://www.akaneshobo.co.jp

あおう
粟生新聞
しんぶん

第2号

編集人・粟生こずえ
発行・あかね書房
2025年3月25日

「3分間サバイバル」作者・粟生こずえの新聞でーす！

この本のテーマは「地理」

わたしはかなりの方向オンチです。しかし、もしかしたら「道を覚える能力

粟生こずえ

★出身地…東京
★7月10日うまれ／かに座
★趣味…読書、野球を見る、バンド（ベースと作曲）

がない」のではなく道を覚える気がないんじゃないかと。

日ごろから通りや交差点の名前をよく見るように心がけ、方向を意識するようにしてから、少しはマシになったみたいです。

よく似た駅名の落としあな

過去にやらかした失敗には「駅の名前をまちがえた」というのがあります。はい、ただのオッチョコチョイですね。

「たまプラーザ」駅で待ち合わせなのに、「多摩センター」駅に向かってたんですよ。

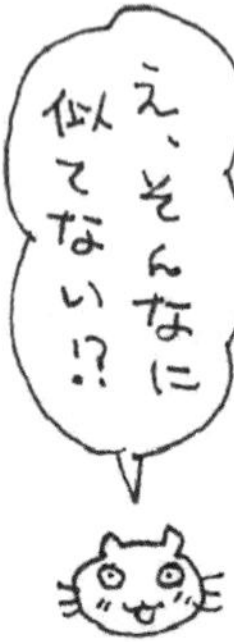

たまたま(ダジャレではない)よゆうを持って家を出ていたのでなんとかなりましたが……。

こういうかんちがい、けっこうあるらしいんです。

まぎらわしいのが東京のお台場エリアの「青海(あおみ)」駅と、東京の西部の「青梅(おうめ)」駅。

アイドルの女の子が青海のコンサート会場に行くはずが、青梅に行っちゃって出演時間にまにあわなかったという話があります。

同じ名前の地名もある！

また、世の中には「同じ地名」もあって。昔見た映画にこんなエピソードがありました。

深夜、東京都内で。タクシーに乗った客が告げた行き先は「綾瀬(あやせ)」。

お客は、東京都足立区の綾瀬のつもりだったけど、運転手さんが向かったのは、東京のおとなり、神奈川県の綾瀬。

くわしく伝えないと、現実にこんなことがあるかもしれませんね。

国名でも「ドミニカ国」と「ドミニカ共和国」、「コンゴ共和国」と「コンゴ民主共和国」なんて、ほぼ同じのがあります。

まちがっちゃったらタイヘンですね!!

こんな知識はミステリーのネタになりそう

土地の名前を知っておくといつか何かの役に立つかも!?

3分間サバイバルNEO
次巻のテーマは
"歴史"
日本や外国の歴史を題材にオドロキがいっぱいのミステリー50話収録
2025年夏以降発売予定

☆ファンレターまってます!

〒101-0065
東京都千代田区
西神田3-2-1
あかね書房
「3分間サバイバル」係